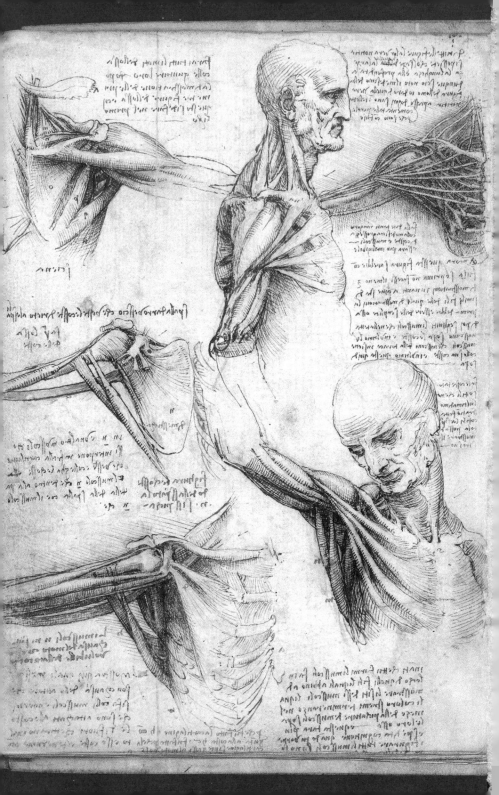

MARCO MALVALDI

LA MISURA DELL' UOMO

达芬奇·隐秘的惩罚

［意］马克·马尔瓦迪　著

尤子路　王馨平　译

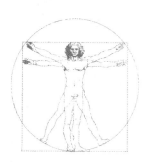

SPM
南方传媒　广东人民出版社

·广州·

图书在版编目（CIP）数据

达芬奇．隐秘的惩罚／（意）马可·马尔瓦迪著；尤子路，王馨平译．—广州：广东人民出版社，2023.3
ISBN 978-7-218-16058-0

Ⅰ．①达… Ⅱ．①马… ②尤… ③王… Ⅲ．①长篇小说—意大利—现代 Ⅳ．①I546.45

中国版本图书馆CIP数据核字（2022）第176212号

图　字：19-2023-021号

Original title: La misura dell'uomo
Copyright©2018 by Giunti Editore S.P.A., Firenze Milano
www.giunti.it
The simplified Chinese edition is published by arrangement with Niu Niu Culture Limited.

DAFENQI · YINMI DE CHENGFA

达芬奇·隐秘的惩罚

[意] 马可·马尔瓦迪　著

尤子路　王馨平　译

出 版 人：肖风华

策划编辑：黄洁华
责任编辑：李辉华　李丽珊
责任技编：吴彦斌

出版发行：广东人民出版社
地　　址：广州市越秀区大沙头四马路10号（邮政编码：510199）
电　　话：（020）85716809（总编室）
传　　真：（020）83289585
网　　址：http://www.gdpph.com
印　　刷：广州市豪威彩色印务有限公司
开　　本：889毫米×1194毫米　1/32
印　　张：8.75　字　数：150千
版　　次：2023年3月第1版
印　　次：2023年3月第1次印刷
定　　价：78.00元

如发现印装质量问题，影响阅读，请与出版社（020-85716849）联系调换。
售书热线：020-85716833

LENARDO DA VINCI

目
录

contents

致

乔瓦娜·巴尔蒂尼,

路易莎·撒切尔多德,

马塞拉·比安奇,

莉亚·玛丽亚内利,

以及各公学全体教师。

人物表

莱昂纳多工作室

莱昂纳多·迪·赛尔·皮耶罗·达芬奇

画家、雕塑师、建筑师、宫廷工程师，极富创造性的想象力。换言之，是一名伟大的天才。

吉安·贾科莫·卡普罗蒂，又名萨莱伊

莱昂纳多工作室的总勤杂工，作为莱昂纳多的爱徒，却固执贪婪，还有手脚不干净和撒谎的毛病。曾多次犯错。

马可·多吉奥诺、扎尼诺·达·费拉拉和德国人朱里奥

莱昂纳多的其他学徒。

兰巴尔多·奇第

莱昂纳多的前学徒。不幸的是，对他来说，许多事情都已成为过去。

卡特丽娜

莱昂纳多敬爱的母亲。她与公证员赛尔·皮耶罗·达芬奇相好，在年纪轻轻而且缺乏经验时生下了莱昂纳多。她总是过度关心我们的主人公，说话太直言不讳。

宫　廷

卢多维科·马里亚·斯福尔扎（人称卢多维科·伊尔·莫罗）

巴里公爵及米兰的领主，身高一米九，弗朗切斯科·斯福尔扎的私生子，有"摩尔人"（摩尔人的肤色很黑）的诨名。他流连于权力统治和风流韵事之间，无法决断，因为他两样都喜欢。

弗朗切斯科·斯福尔扎

虽然已经过世27年有余，但仍然是卢多维科·伊尔·莫罗无所不在的父亲。为了纪念他，卢多维科命令人为他制作一尊宏伟的铜马像。

贾科莫·特洛狄

大使，费拉拉公爵埃尔科莱一世·德斯特的耳目。年事已高，对宫廷生活了如指掌。有时还会充当告密者角色，也许这正是他的价值所在。

贝亚特丽斯·德斯特

费拉拉公爵的女儿，卢多维科·伊尔·莫罗的妻子。体态丰满，嫁妆丰厚，为人天真，但并非天真到对丈夫的风流韵事视而不见。

埃尔科莱·马克西米利安·斯福尔扎

卢多维科和贝亚特丽斯的儿子，年仅两岁，却已经是贵族身份。

狄奥多拉

小埃尔科莱·马克西米利安的奶妈。

马克西米利安一世

维也纳人，神圣罗马帝国皇帝。他虽然不生活在斯福尔扎宫廷内，但极具影响力。

比安卡·马里亚·斯福尔扎

卢多维科·伊尔·莫罗的侄女，被许配给马克西米利安一世。两人定于即将到来的圣诞节成婚。

鲁克雷齐娅·克里薇莉

卢多维科·伊尔·莫罗的现任情人。莱昂纳多将会为她创作一幅著名的肖像画《美丽的费隆妮叶夫人》。但这最好不要告诉别人。

加莱亚佐·山赛维利诺

卡亚佐伯爵及沃盖拉伯爵，卢多维科·伊尔·莫罗十分信任他这位行事果断、有勇有谋的女婿。在小说中提到三个加莱亚佐，他是最重要的一个。

比安卡·乔瓦娜·斯福尔扎

加莱亚佐·山赛维利诺的妻子，卢多维科·伊尔·莫罗的私生女。

安布罗基奥·瓦雷萨·达·罗萨德

宫廷占星学家，身着红衣。研究星体运动的专家，热衷于星象学。他常说："占卜中最重要的是去预知某个事件或某个日期，但绝对不能同时预测这两方面。"

皮耶特罗·达·费拉拉

安布罗基奥·瓦雷萨·达·罗萨德的死对头。

贝尔贡齐奥·博塔

米兰公爵的税务官。

年轻的马尔凯西诺·斯坦加

宫廷财务大臣、官方的薪酬主管，常常利用职务之便中饱私囊。

贝纳尔迪诺·达·柯尔特

城堡总管。

雷米吉奥·特雷瓦诺蒂

仆人。

阿斯卡尼奥·马里亚·斯福尔扎·维斯孔蒂

红衣主教，卢多维科·伊尔·莫罗的兄弟。那时候还不存在利益规避的相关法令。

吉安·加莱亚佐·马里亚·斯福尔扎

真正合法的米兰公爵，卢多维科·伊尔·莫罗的哥哥加莱亚佐·马里亚的嫡子，卢多维科·伊尔·莫罗的侄儿，其父在数年前遭遇刺杀后身亡。他的叔叔卢多维科代他摄政米兰，为庆祝他的婚礼举行了盛大的"天国庆典"，将婚礼的场景布置和安排交给莱昂纳多全权设计，之后把他软禁在维杰瓦诺城堡。

伊莎贝拉·迪·阿拉贡

吉安·加莱亚佐的妻子。他从来见不到她，不过这样也好。

博娜·迪·萨伏依

加莱亚佐·马里亚的妻子，吉安·加莱亚佐·马里亚·斯福尔扎的母亲。原是米兰公国的摄政王，后来被卢多维科囚禁在城堡的塔楼里，后以其名字来命名该塔楼。

奇科·西莫内塔

博娜·迪·萨伏依十分信赖的顾问，一位才华横溢的政治家，由于忠于博娜而丢掉了自己的头颅（这不是隐喻）。

卡特罗佐

宫里的侏儒，小有名气，通晓多种语言，喜欢讲各种低俗下流的玩笑话哗众取宠。

卡尔玛尼奥拉宫

切奇利娅·加莱拉尼

一位举止优雅、文化修养很高的女性。在少女时代被卢多维科看中，使其逃脱了成为一名修女的命运，当了他的情妇。当卢多维科得知切奇利娅怀上了他的孩子后，将她许配给卡尔米纳迪·德·布兰比拉伯爵（人称贝尔加米尼）。现存于波兰克拉科夫国家博物馆的莱昂纳多名画《抱银貂的女子》里画的就是她。

切萨雷·斯福尔扎·维斯孔蒂

卢多维科·伊尔·莫罗和切奇利娅的私生子。虽然才刚满两岁，却已经拥有令人羡慕的房产：出生时父亲就已经把卡尔玛尼奥拉宫（现在的"米兰小剧院"）送给了他。

特尔希拉

切奇利娅·加莱拉尼的侍女，个性开朗且口齿伶俐。

科尔索

切奇利娅·加莱拉尼的侍从。

法国人

神圣的查理八世皇帝

法国国王，身体虚弱，才疏学浅。从未上过战场，却喜欢对战争夸夸其谈。企图侵占意大利、夺取那不勒斯。他的座右铭是：让我们武装起来，你们给我上战场。

路易·迪·瓦洛伊

奥尔良公爵，查理八世的堂亲。他是后来进攻那不勒斯战役的总指挥，并谋划夺取米兰公国（凭借他是其祖母瓦伦蒂娜·维斯孔蒂后裔的这一身份）。

菲利普·德·科米纳

法国派往意大利的特使，与奥尔良公爵勾结同谋。

罗比诺和马特内

丑男和美男，科米纳公爵的亲信，奸诈但有些笨手笨脚，要在米兰执行一项秘密任务。

佩隆·德·巴斯克

来自意大利奥尔维耶托，后来担任查理八世皇帝和奥尔良公爵的大使。

卡罗·巴尔比安诺·迪·贝吉奥西奥

卢多维科·伊尔·莫罗派到法国宫廷的大使。

若斯坎·德普雷

为卢多维科·伊尔·莫罗服务的歌唱家，精通复调的音乐天才。

商　人

阿切利托·波尔提纳里

美第奇银行的代表，肥头大耳，既贪吃又贪财。

本齐奥·赛里斯托里

阿切利托先生的合伙人，除了宗教节日外，其余时间都在任劳任怨地工作。

安东尼奥·米萨利亚

著名的盔甲制造商、铁艺设计师，莱昂纳多的朋友。

乔瓦尼·巴拉齐奥

羊毛商。

克雷蒙特·乌尔奇奥、坎迪多·贝尔通内、里切多·纳尼皮耶里和阿德马罗·科斯坦特

分别为羊毛商、丝绸商、针线商和明矾商，四人都在美第奇银行贷款。

教 士

弗朗切斯科·桑索内·达·布雷西亚

　　方济各会首领。

朱利安诺·达·穆贾

　　方济各会教士。

狄奥达托·达·锡耶纳

　　耶稣埃特会（现在已经不复存在的圣杰罗姆的神职教会）首领，对待其信徒十分吝啬。

乔阿奇诺·达·布雷诺

　　耶稣埃特会教士，一个偏执激进的传教士，善于煽动信众和扰乱和平。

艾里乔·达·瓦拉米斯达

　　前银行家，精通票据和信用证业务，还是笔迹学专家。后来在去米兰的路上皈依耶稣埃特会，成为耶稣埃特会的教士。

朱利奥诺·德拉·罗韦雷

　　红衣主教，一直对他的死对头波吉亚当选为教宗亚历山大六世而耿耿于怀。

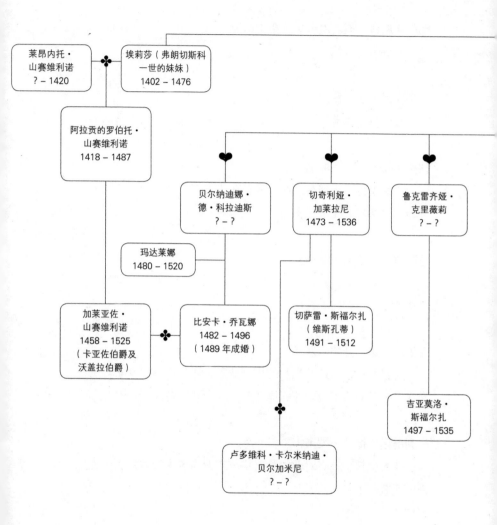

莱昂内托·
山赛维利诺
? – 1420

埃莉莎（弗朗切斯科
一世的妹妹）
1402 – 1476

阿拉贡的罗伯托·
山赛维利诺
1418 – 1487

贝尔纳迪娜·
德·科拉迪斯
? – ?

切奇利娅·
加莱拉尼
1473 – 1536

鲁克雷齐娅·
克里薇莉
? – ?

玛达莱娜
1480 – 1520

加莱亚佐·
山赛维利诺
1458 – 1525
（卡亚佐伯爵及
沃盖拉伯爵）

比安卡·乔瓦娜
1482 – 1496
（1489 年成婚）

切萨雷·斯福尔扎
（维斯孔蒂）
1491 – 1512

吉亚莫洛·
斯福尔扎
1497 – 1535

卢多维科·卡尔米纳迪·
贝尔加米尼
? – ?

♣ 配偶

♥ 情人

斯福尔扎家族

（米兰公爵）

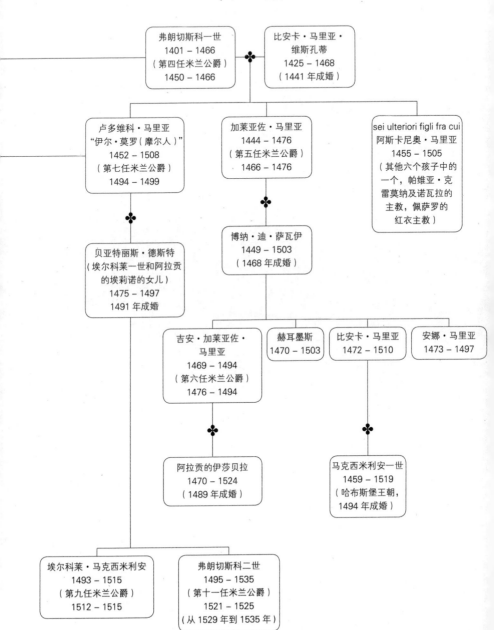

弗朗切斯科一世
1401 – 1466
（第四任米兰公爵）
1450 – 1466

比安卡·马里亚·
维斯孔蒂
1425 – 1468
（1441 年成婚）

卢多维科·马里亚
"伊尔·莫罗（摩尔人）"
1452 – 1508
（第七任米兰公爵）
1494 – 1499

加莱亚佐·马里亚
1444 – 1476
（第五任米兰公爵）
1466 – 1476

sei ulteriori figli fra cui
阿斯卡尼奥·马里亚
1455 – 1505
（其他六个孩子中的
一个，帕维亚·克
雷莫纳及诺瓦拉的
主教，佩萨罗的
红衣主教）

贝亚特丽斯·德斯特
（埃尔科莱一世和阿拉贡
的埃莉诺的女儿）
1475 – 1497
1491 年成婚

博纳·迪·萨瓦伊
1449 – 1503
（1468 年成婚）

吉安·加莱亚佐·
马里亚
1469 – 1494
（第六任米兰公爵）
1476 – 1494

赫耳墨斯
1470 – 1503

比安卡·马里亚
1472 – 1510

安娜·马里亚
1473 – 1497

阿拉贡的伊莎贝拉
1470 – 1524
（1489 年成婚）

马克西米利安一世
1459 – 1519
（哈布斯堡王朝，
1494 年成婚）

埃尔科莱·马克西米利安
1493 – 1515
（第九任米兰公爵）
1512 – 1515

弗朗切斯科二世
1495 – 1535
（第十一任米兰公爵）
1521 – 1525
（从 1529 年到 1535 年）

能者达人所不达，天才见人所未见。

亚瑟·叔本华

序　幕

　　进入城堡前，男人停住了脚。

　　他无需通过四处张望来确认是否有人跟踪自己。这个城堡的入口位于米兰旧城区一条阴暗潮湿的街道上，要经过其他好几条阴暗潮湿的街道才能到达。虽然他穿了一件炫目的粉红色上衣，但如果确实有人跟踪的话，应该也早已被甩得远远的了。

　　说实话，有时候他也担心自己会迷路。曾经有一次，当他身处城堡附近这些纵横交错的街巷里，就迷失了方向。当然，这也怪自己，他是一个缺少方向感的人。但这座城市的建设也的确太糟糕了，建造没有规划，设计没有前瞻性。应该做一个颠覆性的改变，譬如说，把城市设计成多层次的，从低到高，从下水道到天空，和现有的住宅布局完全相反：穷人们住高层，富人们住低层，就像维特鲁威在书中所描绘的古罗马时期的住宅那样。多亏弗朗西斯科·迪·乔治把它从拉丁语翻译了过来，当时花了不少钱买这本书，但确实值得买，令人受益匪浅……

　　这个穿粉红色上衣的男人突然意识到自己一不小心又跑神了。他经常会这样，但展开这种天马行空的想象正是他一天当中最愉快的时刻。不过，现在不是胡思乱想的时候，他还有事

16

情要做。

他佯装镇定，缓缓地敲了敲前门。"嘎"的一声，门迅速被打开了。狭小的门洞在漆黑的长街中显得格外光亮。

只听到两个字：

"进来。"

男人跨进门，身影消失在黑暗之中。

开　端

　　迈进议事厅，四周光线显得有些昏暗。

　　10月中旬的米兰，天气已经冷了下来。赶在主人从维杰瓦诺回到城堡前，仆人们给窗户挂上了白色的帆布窗帘。这些窗帘用松节油浸泡过，变成了半透明的，可以让外面的光隐约透进来，但从窗外又看不见里面的一举一动。城堡里面的人把这里称作"箭形厅"，因为整个房间都是用红白两色的箭头形状图案作为室内装饰。而米兰城里的大部分居民都把这里叫"议事厅"：一个秘密议会成员开会的地方。此刻厅里坐着六个议员，他们都是在米兰城里位高权重的人。当然，还有他们的主人——拥有至高权力的米兰领主。

　　"传下一位。"

　　总管贝纳尔迪诺·达·柯尔特点点头，把沉重的木门用力拉开，高声喊道："方济各会首领，弗朗切斯科·桑索内·达·布雷西亚。"

　　逢周二和周五是接见日。在接见日里，身为巴里公爵和米兰领主的卢多维科·斯福尔扎——也被称作伊尔·莫罗，会亲自接见每一位带着问题而来的民众。无论什么问题，无论什么身份，只要是米兰公民，而且履行了伊尔·莫罗颁布的纳税义务，都享有面见领主的权利，毕竟他们普遍都是纳了重税的。

当然，也有些人不必纳税，伊尔·莫罗仁慈地免掉了他们的赋税。

然而，方济各会首领并不是米兰公民，也不属于任何一个地方的公民。按理说，他无权占用伊尔·莫罗接见臣民们的宝贵时间。这些时间，伊尔·莫罗是要用来聆听不幸者的诉求的，而不是用来召见那帮不守规矩的大使们，或者花在烈马和谄媚的女仆身上。可是反过来说，方济各会首领以普通市民的身份来求见，如果拒绝接见，则会显得愚蠢。

作为巴里公爵和米兰领主，卢多维科·伊尔·莫罗一点也不愚蠢。

"真是莫大的荣幸，"伊尔·莫罗坐在他的高背椅上说道，"方济各会首领如此谦逊地以普通市民的身份求见，不知我们能为您做些什么呢？"

"阁下，我只是一名卑微的方济各会修士，"弗朗切斯科·桑索内回答道，"我不习惯于装腔作势。况且，我打算提交的问题只需占用您很少的时间，如果要求单独接见未免过分。"

欢迎来到文艺复兴时期。这是一个说话讲究咬文嚼字的时代，每一个字、每一句话都需要仔细推敲，就像制作珠宝首饰一样经过精雕细琢。然而，字斟句酌并不是为了表现语言之美，而是为了彰显说话人的权势。任何一场对话都会因为说者和听者的身份不同而含义各异，要考虑谁在而谁不在，提到了谁又没提到谁。

实际上，卢多维科·伊尔·莫罗接见这位神父时，用他的头衔而不是他的名字来称呼他，并赞赏他以普通平民的身份求见，要传递的含义很可能是：尽管你是方济各会的首领，但在我和议会其他成员的眼里根本分文不值。而桑索内的回答也大有深意。他本可采取更正式、更庄重的方式拜见伊尔·莫罗，而且他称呼卢多维科为"阁下"而不是"公爵"，或许是在提醒他，在大部分意大利人的眼中，卢多维科不过被看作是一个篡位者而已。

"很好，神父。"卢多维科回答道，"请讲吧，我和在座的议员将洗耳恭听。"

"大人……恕我直言，我没见到科莫主教大人，希望他不是身体不适。"

"神父请放心，他很好。最近我们缩减了议员的人数，考虑到原先42人的议会人数确实有点太多，况且过去一年来求见的人数也大幅减少了。"

桑索内心里当然明白，如果说之前42人太多的话，现在只剩下六名议员也未免太少了，更重要的是其中连一位教会代表都没有，这绝非偶然的巧合。神父清了清嗓子，又说道：

"阁下，此次前来，我谨代表方济各会，请求议会重新考虑朱利安诺·达·穆贾弟兄一案。他无视教规，违背圣经教义，仍在继续传道。"

"我无能为力，神父。"卢多维科的目光在每个议员身上依次扫视了一遍，然后回答道。

"也就是说，米兰的领主竟然无法回应一名方济各教士低微的请求？"

桑索内的这句质问里，特意加重的语气是再明显不过的，估计各位读者都能感受得到，对当时在场的各位议员和卢多维科来说，就更加能感受到了。

"在您的主张下，朱利安诺教士16个月前被逮捕并判入狱。我不是神职人员，因此下令委派阿尔钦波第主教大人主持重审此案。最后的审判结果您已经很清楚了。"

桑索内神父深吸了一口气。

这场对朱利安诺·达·穆贾荒谬的审判正是伊尔·莫罗的一个杰作。当天所有的证人、在场民众以及法庭成员都异口同声地热烈赞扬朱利安诺布道的功绩，而他对罗马教廷的诋毁却轻描淡写，甚至假装不记得，更何况这还只是他所犯下罪状中最轻的一条。

朱利安诺修士从未停止过对罗马教廷的抨击，指责其腐败、堕落、世俗化和令人作呕的种种丑事。其实有不少人都抨击过罗马教廷，其中包括多明我会的"乌鸦嘴"吉罗拉莫·萨沃纳罗拉。他曾预言了洛伦佐·德·美第奇之死，其他一些灾难性的预言也很快应验了，因此而臭名远扬。

绝对不行。朱利安诺支持伦巴第首府的教会独立于罗马教廷，他跟吉罗拉莫·萨沃纳罗拉的目的一样，力主各修道院的独立。而他甚至还主张米兰与罗马分离。彼时，米兰正崛起成为意大利半岛上最富裕的城市，吸引了一众顶级的伟大艺术家，给附近的帕维亚大学输送了许多最杰出的医学家和数学家，并给以高薪。

桑索内神父和他在罗马教廷位高权重的同僚当然不希望这一切发生，因此他试图压制朱利安诺。有些事情是不能大声宣扬的，尤其是一个方济各会教士以雷鸣般的声音鼓动米兰教会独立，这可不是什么好事。幸亏那个时代还没有推土机，否则朱利安诺恨不得用推土机来推动米兰脱离罗马的控制。

只可惜，桑索内精心谋划的审判最终被卢多维科以文艺复兴时期的惯用伎俩所绑架操纵了。宫廷诗人们创作的诗篇在整个米兰传诵，从布洛雷托的大街小巷到纳维利运河的沿岸，到处都可以听到贝林西尼的十四行诗《噢，最仁慈的米兰》，还有当时大名鼎鼎，但如今已被淡忘的贾科莫·阿尔费耶里创作的六行诗。这两首诗都感谢上天把朱利安诺教士赐予米兰，虽然诗歌本身糟糕透顶，但收效甚好。卢多维科所做的事情是为了讨好并利用民众，而不是迎合教廷。事实上，他把自己的野心勃勃和平民的愚钝结合在一起，紧紧地钳制住了罗马教廷。

桑索内神父又深吸一口气，然后说："我知道朱利安诺修士已经被仁慈地免罪。他是一个值得尊敬的人，他的布道充满热忱，这种热忱源自他对教众无私的热爱。朱利安诺修士是一个善于沟通的人，因为他说的都是人们想听到的。"

神父这样说，无非是想提醒卢多维科，民意是喜怒无常的，而且目前正处于一个特殊时刻，平民百姓不见得全都支持他伊尔·莫罗。

民众对盐税和近期颁布的其他赋税都不大接受，卢多维科的受拥戴程度也不像以前那么高了。如果那时就存在民意调查的话，恐怕在周二上午接见前，议会成员得先开个通气会，分析卢多维科的支持率，从而制定应对的措施。不过，统计学的概念是在那很久以后才出现的，当时民众并没有这个意识，他们要表达自己的意愿时，要么是欢呼，要么就是直接造反。

"朱利安诺修士是聪慧之人，"桑索内继续说道，"而且

22

很敢说。只要他在圣弗朗西斯科教堂传经布道，人们就从四面八方赶过来聆听，寻求心灵的慰藉和鼓舞。教堂里挤得水泄不通。如果合适的话……"

桑索内神父没来得及把话说完，因为这个时候卢多维科已经从椅子上站了起来。如果用洛迪地区一带的计量单位来计算，卢多维科大约有四臂加一掌那么高；但如果按城市里的算法，他应该身高接近三臂长。用公制单位来表达，这位米兰领主身高足有一米九，加上他那冷峻的目光和一身乌黑的织锦长袍，当他站起来时，的确是令人胆战心惊。

站起身后，卢多维科缓缓地走到桑索内神父身旁，轻轻地拉着他的手肘。

"跟我来，尊敬的神父，"他的声音听起来很温和，但又令人陡生敬畏，"我想让您看一样东西。"

他依旧拉着桑索内的手肘，穿过整个议事厅，来到一幅壁画面前，上面是米兰的城市地图。桑索内表面上一脸严肃，内心却战战兢兢的。

"您看，尊敬的神父，米兰就像一个轮子，"伊尔·莫罗用手在地图上画了一个大大的圆圈，表示那就是保护着这座城市的城墙。然后他用手指在地图的正中央一戳，那是米兰大教堂的所在之处。"如果米兰是一个轮子，那么这座教堂就是它的轮轴。这个笔直的轮轴既坚硬又稳固，但如果它一直不转动，您知道会发生什么事吗？"

卢多维科的手指在地图上不停地画圈，圈越画越小，最后在米兰大教堂上停了下来。

"轮子可以不停地转啊转，但是住在里面的人，"伊

23

尔·莫罗摊开双手，"他们哪儿都去不了。"说着他伸出右
手，亲切却用力地放在桑索内的肩膀上。"您明白了吗，尊敬
的神父？"

* * *

"没事，没事，我明白，使者大人。请您不要为此折磨自
己了。我向您保证，还有比这更糟糕的。"

"实在抱歉，我真的是太狼狈了，但是……"

贾科莫·特洛狄，费拉拉公爵埃尔科莱一世·德斯特派进
斯福尔扎宫的大使，在整个米兰而言，也算是一个出类拔萃、
德高望重的人物了。但出类拔萃和德高望重常常要通过得体的
外表来展现，要是被人用夜壶浇得满身都是污秽物时，这些品
质就大打折扣了。非常不幸的是，我们这位受敬重的大使在去
参加切奇利娅·加莱拉尼逢周四在卡尔玛尼奥拉宫举办的音乐
聚会沙龙的路上时，被淋得浑身都是屎尿。当时一个粗鲁的家
伙正好往窗外倒夜壶，他既没有留意窗外是否有人，也没有循
例叫上一句：往下倒啦！通常，即便是再没教养的人，也都会
对着街上喊一声，以免路过的行人遭殃，但偏偏特洛狄大使倒
了大霉。

"来吧，大使先生，您别担心。"切奇利娅·加莱拉尼向
远远站在大厅另一头待命的侍女做了个手势，其中一个迈着优
雅得有些夸张的步子走了过来，"把特洛狄大使带到西边的房
间，帮他清理清理。大使先生，等您来了我们才开始。"

"不胜感激，伯爵夫人……"

"快去换洗吧，我们等着您。"切奇利娅笑着回答，"拜
托你了，特尔希拉。"

切奇利娅面带微笑地离开了，身影消失在门后。她去告诉乐师们再稍等片刻。贾科莫·特洛狄盯着她离开的那扇门发了一会儿呆。身为费拉拉的大使，他又情不自禁地把她和自己奉命要保护的对象、身为自己同胞的那位女士作起了比较。两个人真是有天渊之别呀！

这一边，切奇利娅·加莱拉尼是那么的风姿绰约、温文尔雅，依然保持着莱昂纳多先生几年前为她画的那幅肖像画里的美丽。画中的她恬静而坚定，身体微微侧转，仿佛在时刻留意着她的心上人卢多维科·伊尔·莫罗是否已经到来，满心期待地抚摸着抱在怀里的银貂。而另一边，唉！那个胖乎乎的、惹人烦的笨丫头贝亚特丽斯·德斯特，自己主人埃尔科莱一世最宠爱的二女儿，表面上举止还算斯文，但却粗枝大叶得很。特洛狄暗地里给她起了个绰号"丑八怪贝亚特"，当然，这个蔑称本应该是他想都不敢想的，更别说叫出来了。她享受着来自众人的溺爱，她的父母，她的姐姐，还有其他许多人，但绝对不包括大使贾科莫·特洛狄。

"请跟我来，大人。"年轻的特尔希拉边对特洛狄说，边用手势在前面引路，和特洛狄保持着适当的距离，"别担心，我们肯定能找到适合您穿的衣服。"

贝亚特丽斯的确是许多人的宠儿，甚至包括伊尔·莫罗。直到不久前，他还被贝亚特丽斯弄得意乱情迷，因为她用了全世界女人几千年来屡试不爽的招数——欲擒故纵——她和卢多维科结婚了好几个月都一直不肯行房，吊足了他的胃口。

"我们到了。"特尔希拉说。进了房间，她信心满满地走到一个大箱子前，箱子上突出来一个奇怪的木头装置，看上去像个方向舵。"伯爵大人的衣物都放在这儿。切奇利娅夫人的丈夫个子没您高，但我们应该能找到适合您穿的。"

尽管如此，伊尔·莫罗还是能找到办法满足自己的冲动。特洛狄留意到，几乎每天午宴的时候，伊尔·莫罗都会离席约莫一个小时，回来时脸上带着洋洋自得的微笑。要不了几天就可以发现，更滑稽的是，每次卢多维科刚离开餐桌，切奇利娅·加莱拉尼都总是会在同一时间到达罗切塔楼。就这样，当难以驯服的娇妻在餐桌上享用烤肉时，摩尔人卢多维科也正在满足自己对鲜肉的欲望。

"您穿这件吧。"特尔希拉从箱子里抽出一件织锦的衣服。特洛狄算不上是一个彪形大汉，但这件衣服给比他瘦小一半的人穿都嫌太紧。"我想您穿一定很合身。"

后来，切奇利娅·加莱拉尼怀孕了。卢多维科曾对特洛狄说过，"孕妇让我觉得恶心"，这也就是他自那起不再去见切奇利娅的原因了。与此同时，他开始在晚上频繁地进出妻子的房间，不辞辛苦地在两层楼之间陡峭的楼梯上来来回回，只穿一件薄薄的丝绸衬衫，方便瞬间脱下。这些事情都是伊尔·莫罗亲口对特洛狄说的，他喜欢极尽其致地描述自己的房事。

在文艺复兴时期，像伊尔·莫罗这样恬不知羞地谈论自己的私生活不足为奇。如果夫妻中的一方是在位的君主或王位继承人，那夫妻间的房事就被看作是公开的秘密了。如果各位读者有机会能问问特洛狄，他也可以对阿方索一世·德斯特和安娜·斯福尔扎在费拉拉度过的新婚之夜侃侃而谈。当时在场的有弗朗西斯科·冈萨加和阿拉贡大使西蒙诺托·达·贝尔皮耶特罗，还有四五个侍臣。侍臣们帮阿方索宽衣后，把他带到床上，送到年轻新娘的身边。但是阿方索对行男女之欢毫无兴趣，不停地从床上爬起来，或许是被寝室里有那么多人吓坏了，又或许是涉世未深，轻信了女性的下体是会咬人的。最终这个任务落到了冈萨加头上，为了让阿方索好好在床上待着，他用棒子狠狠打了这位贵族后裔，告诉他没完事之前，不能下床。

"裤子穿这条吧。"特尔希拉说。她从箱子里拿出一条法式的杂色紧身裤。

这也实在是太难看了，就连特洛狄这么不注重衣着的人都觉得难以接受。如果他和一个穿得这么稀奇古怪的人走在一起，自己都会觉得难堪，但今天，他竟然也得穿成那样……

所以，当贝亚特丽斯在伊尔·莫罗的频繁夜访下也怀孕了之后，特洛狄随之开始担心起来。随着她的肚子越来越大，他确信这位米兰领主肯定不再愿意碰她一个手指头，他一定又会去别处满足他的欲望。那为什么不回到切奇利娅·加莱拉尼身边呢？毕竟她仍然是米兰城里最美丽的女人。况且，像很多人议论的那样，她是伊尔·莫罗一直不变的真爱。贝亚特丽斯和她相比，就像是钻石旁边的一片萨拉米香肠。

特洛狄愁眉苦脸地望着特尔希拉胡乱给他搭配的衣物。如果是在费拉拉，他宁愿把自己关在家里也不要穿上这种东西出门，只可惜，米兰不是费拉拉。

在米兰，男人骑骡出行；而女人，那些富有的女人，则乘坐两轮车外出。这种车看上去像圣坛装饰画和西西里轻便马车的混合物，外面镶金，花里胡哨的，由两到四匹马拉着。这种车对于行人来说简直是个噩梦。听起来或许有些不可思议，但15世纪末的米兰的确已经存在严重的交通问题了。

贾科莫·特洛狄知道，伊尔·莫罗曾下令，只有屈指可数的几辆马车可以随时进出斯福尔扎城堡，无论白天还是黑夜。切奇利娅·加莱拉尼的马车就是其中之一，虽然她有一段时间没来城堡了。不过这也并不意味着什么，伊尔·莫罗可以轻易地找些公事的由头离开城堡，然后跑去情人家里幽会，因为这期间切奇利娅的丈夫还待在克罗齐的圣乔瓦尼，在克瑞莫纳一带。

其实，今天贾科莫·特洛狄正是为此而来。这位费拉拉公爵派驻米兰的大使要瞧个清楚，切奇利娅·加莱拉尼是否又在前额上佩戴了新的珠宝，是否又在得意地展示新穿上的裙子，裙子用上等的绸缎制成，上面有凸起的图案，还绣着金丝线。只有伊尔·莫罗会送她这种裙子，按照习俗，这是象征爱情的信物。事实上，可以百分百地确定，这种礼物绝对不会来自她的丈夫卢多维科·卡米纳迪·贝尔加米尼伯爵。当初伊尔·莫罗把她送出斯福尔扎宫，安排她和这位伯爵结婚，而她的这位丈夫堪称不仅仅是米兰，甚至是整个神圣罗马帝国里最吝啬的人之一。

"谢谢你，特尔希拉小姐，"特洛狄苦笑着说，"要我帮你关上箱子吗？"

"谢谢，大人，我自己来就行。刚才我不是自己打开的吗？您看，用这个。"

她眨了眨眼睛，示意他看在箱子和箱盖之间的那个奇特装置，装置是用木头和铁做的，顶端有个像方向舵一样的东西。

"这是莱昂纳多先生的发明，他当作礼物送给了我们夫人。"特尔希拉充满自豪地说，仿佛这是她自己发明的一样。"这是一个杠杆装置。您看，像这样转动这个舵，箱盖就可以毫不费力地开合。它真是一个神器，您不知道它给我们节省了多少时间。莱昂纳多先生简直是位天才，您说对吗？"

"当然，毋庸置疑。"这句话是特洛狄身为一名外交使节，在那天里所说的第一句由衷之言，"我认为莱昂纳多先生无所不能。"

* * *

"不可能啊！"

身穿粉红色上衣的男人烦躁地合上箱子。他身后站着一个50岁上下的妇人，橄榄色的皮肤，正双手叉腰，愁眉苦脸地看着他。

"你可能是把它放在工作室楼上了，最上面那个房间。"

"绝对不可能！我清清楚楚记得我是放在这里的，不到一个月前。"

"噢，好吧，不到一个月前……"

粉衣男人摇了摇头，盯着箱子看了好一会儿，仿佛那是箱子的错，然后又抬起头来看向妇人。他长着一张奇怪的脸，与其说是英俊，不如说是有阳刚之气。留着一头金色的长发，但里面混杂着好些灰白的发丝。胡子则不然，几乎没有变灰。平时温柔的眼睛，此时却因为烦躁而双眉紧蹙，这种烦躁往往是子女在父母面前才会流露出来的。

29

"卡特丽娜，你就别在这冷嘲热讽了行吗？那些可都是非常重要的设计稿，如果是无关紧要的东西，我也不至于这么紧张。"

"会不会是萨莱伊拿了？你自己说过，只要不是嵌在地上的东西，他都会顺手牵羊的……"

像是突然灵光一闪——这种情况常常发生在他身上——男人转身走进隔壁的房间，边走边说道："卡普罗蒂很清楚我不准他碰我的设计稿，不然我会揍他一顿，而且不许他吃晚饭。"男人一边继续和妇人说着，一边把摊在大桌子上的纸张翻来翻去。"对了，说到晚餐，三个人吃一整只阉鸡未免太多了吧，卡特丽娜。我求你今晚节制一下。我们不是有豆子和萝卜吗，我觉得足够了。"

"对你来说是足够了，但多吃些肉对你有好处。你看看，自从我来了以后你就越变越瘦了，才三个月你瘦了足足快有十斤。"

"才三个月？我感觉有十年了！"男人边说边继续找，"我是绝不吃死牲畜的肉的，现在不吃，以后也不会吃。除了这个，现在令我越来越瘦的就是这该死的铜马像了，而且又找不到那些可恶的设计稿，它们到底滚哪儿去了？"

"稿纸可是不会自己长腿跑掉的，我的儿子。"

"但是你可以呀，卡特丽娜。我的母亲，求你不要再啰里吧唆打断我的思路了，让我自己一个人静静待着行吗？"

"你小时候可不像现在这么俗的，小家子气。"

"你怎么知道？小时候你都不在我身边。我变得小家子气，那也是被迫的。我已经两个月没拿到报酬了。麻烦借

30

过。"男人挥手示意母亲让开，跑到鸡笼那边，开始在里面东翻西找起来。

"你去翻那儿做什么，我可没用你那些纸来清洁鸡笼。"卡特丽娜苦口婆心地说。

"就算你用了，我也不会觉得奇怪。"男人边回答边站起身来，整了整腰带，"好像从来……等等，我突然想起一件事。"

他的右手还放在腰带上，左手伸到粉红色衣服里，使劲一扯，扯出来一个笔记本，里面夹了一沓有大有小的纸。他把笔记本放在桌子上，小心翼翼地打开，从里面抽出来两张黄色的羊皮纸，上面画着马的图案，周围有标注，还画了其他一些东西。他用一只手捂住脸，翻了翻眼睛。

"你一直都带在身上？"卡特丽娜窃笑起来。

"我肯定是早两天去城堡之前放在那里面了，"他边回答边看着卡特丽娜，似乎想弄清楚她有没有生气，"原谅我，卡特丽娜。"

"你有时候好歹也叫我一声妈妈。"

"对不起，妈妈，我弄丢了太多东西，有好多次……"

一阵有力的敲门声打断了他的话。

卡特丽娜转过身，但男人敏捷地抢到了她前面去开门。倒不是说他在母亲面前感到有些羞愧，嗯，可能也有那么一点。但抢着去开门主要取决于来访者是谁，一大早在这个点儿会来找他的肯定就是那一位了。

粉衣男人打开门，面前站着一位个子稍矮的老者，穿着黑色织锦的衣服，手里拿着已经从头上摘下来的帽子，以示对男人的尊重。这是一名仆人，来自名门望族，但终归只是一名仆人罢了。

"请问是莱昂纳多·达芬奇先生吗？"老者问。

"悉听尊便。"他回答道。

二

"啊,莱昂纳多先生,见到您很开心。"

卢多维科·伊尔·莫罗站在宽阔庭院的正中央,示意莱昂纳多到他跟前来。这个庭院通常被称为武装广场。在卢多维科旁边站着贝尔贡齐奥·博塔,这位拥有高级骑士头衔的米兰公国税务官身材瘦削,神情凶恶,腋下总是夹着一本厚厚的账本。

"恭候大人吩咐。"莱昂纳多小心翼翼地回答道。卢多维科召见臣民的原因总是让人难以捉摸。有时候是热情洋溢,比如上次在"天国庆典"结束后,他当着整个宫廷上下对莱昂纳多盛赞一番。但有时候又会是另外一个极端。

"来,过来。"卢多维科平静地笑了笑,"税务官先生,我想总管正在找您吧?"

卢多维科显然是想和莱昂纳多单独交谈,所以借故打发税务官离开,只不过他的方式不怎么具有文艺复兴时期的风格。博塔向卢多维科鞠了一躬,转身退下,往圣灵殿的方向走去。卢多维科沉默了一会儿,目光越过莱昂纳多,环顾四周,然后提步往南边的大门走去,并用手势示意莱昂纳多跟上。

"大人,您今天早上看起来格外高兴。"莱昂纳多冒险地猜测,想试探一下这位给他发薪水的主子的心意。

"是的，莱昂纳多先生，我确实很高兴。"卢多维科一边微笑着回答，一边继续往前走，"您知道为什么吗？"

"希望能与大人分享喜悦。"

"其实，"卢多维科说道，"这也算不得什么秘密了。我很荣幸地收到马克西米利安皇帝的提亲，求娶我心爱的侄女比安卡·马里亚，两人将在圣诞节当日成婚。斯福尔扎家族将与神圣罗马帝国联手了，莱昂纳多先生。"

其实事情是这样的：为了撮合与神圣罗马帝国皇帝的婚事，几个月来卢多维科一直在牵线搭桥，为此，他曾多次向马克西米利安示好，更承诺了极为丰厚的嫁妆。根据宫廷里的小道消息，那其中包括总额高达40万达克特金币，超过整个米兰公国年收入的一半。这就好比现任意大利财政部长许诺把女儿嫁给美国总统，而且将整个国家税收的一半作为嫁妆——那可是几十亿的数目啊。

"我们计划在11月初随婚礼队伍一起出发。要组织陪伴新娘出发的队伍一点都不难，要把我们的挚友亲朋，还有随行人员聚集到城堡来举行饯行仪式也容易。事实上，我想这些都是轻而易举的。您知道为什么吗？"

糟了！糟了！

平心而论，卢多维科·伊尔·莫罗在那个时代的贵族中算得上是博学多才的，但他对希腊哲学的了解并不深。即便如此，他似乎毫不费劲地吸收了苏格拉底式对话的技巧，也就是把跟他对话的人不知不觉地逼到墙角，然后得到他想要的回答。宫里的人都说，如果卢多维科开始给出这些暗示的时候，那得小心了：他准备出其不意地逼你露出底牌。

"不知道，请大人明示。"

"您看，我们拥有一个这么好的庭院。"卢多维科用手势横扫了一遍被城堡环绕的武装广场，接着说，"如此宽敞、如此壮观，而前面……"说着他们已经走到了大门口，卢多维科张开双臂，比画着吊桥前面那片宽阔的空地。"您看，这儿又是一个大广场，如此平整、空旷，没有任何修饰。换言之，完全空空荡荡，莱昂纳多先生。"

伊尔·莫罗把目光从眼前的广场收回，落到莱昂纳多身上，嘴角还挂着微笑，但眼里笑意全无。

十年前，莱昂纳多曾许诺自己是做这份工作的不二人选，而卢多维科是在四年前正式将这项任务委派给他。

早在十年前，莱昂纳多给卢多维科写了一封很长的自荐信。信中，他提到自己能够研发炮弹、挖掘护城河，还能建造无懈可击的城堡。只是在信的末尾他才提到自己也能绘画。这有点非同寻常，毕竟莱昂纳多当年是以音乐家的身份受邀到米兰演奏自己发明的竖琴的。但信中有一句话令卢多维科·伊尔·莫罗尤其心动：

"我会建造一座骑马铜像，用以纪念您父亲的伟大功绩和斯福尔扎家族的辉煌显赫，这将成为一个屹立不倒的、永恒的荣耀。"

莱昂纳多凭这个承诺获得了宫廷的委任，他拥有了现在的住处，还有在米兰大教堂边上旧法院的两层工作室，以及——理论上——非常可观的薪水。但随着时间一年年地过去，有些人认为他的承诺看起来更像是吹嘘，甚至连卢多维科也这样认为。

"莱昂纳多先生，之前您保证过，您会再次全身心投入到纪念我父亲雕像的制造工作中去，现在一晃又三年了。"伊尔·莫罗仍然看着莱昂纳多，继续说道，"您一再向我保证，这项工作正在不断取得进展，我还因此特地将城堡前面这一大片空地，也就是我们现在站的地方，让人平整出来。"

"我很高兴地告诉大人，骑马像的黏土模型即将完工，下个周末就可以在这个广场上展出了。"

"黏土模型？"卢多维科扬了扬眉毛，"真的吗？"

"是的，大人。一座实际大小的黏土模型，有七米高，比以往的任何一尊骑马雕像都要高得多，雄伟得多。我相信，不出十天，模型就可以在这里展出了。"

"这的确是个好消息，无与伦比的好消息！太好了！现在请告诉我，您是打算用陶土来做这尊骑马像，还是精益求精，给它加上漂亮的青铜外套，以表示对我父亲的敬意呢？莱昂纳多先生，您也知道，这里可不像您的托斯卡纳那样阳光灿烂，米兰的冬夜能把人冻僵。我可不想我的父亲连一件金属斗篷都没有，在外头挨冻。"

卢多维科·伊尔·莫罗不是傻瓜，他很清楚要给一座七米多高的雕像浇铜并不容易。这倒不是说他有多了解工程技术方面的问题，而是他知道要制造出一件既轻巧又坚固的铜器难度是何其的高。确切地说，他心里关注的其实是如何制造出这样材质的大炮，这种铜炮法国军队造得出来，而他却不明所以。

"大人，我最初的想法是把马的模具倒过来，四脚朝天、底部朝上地灌入铜水。这样就可以避免因温度过高而导致水泡蒸发，冷却过程中在铜像表面喷涌，因为……"

"这个想法很聪明，如果我没理解错，那样的话水泡只会从铜像的马蹄处冒出来。那您为什么没有实施呢？"

"大人英明，您的理解完全正确。可惜您统领的这座美丽的城市，不仅地面上阴冷潮湿，地底下也一样。"

"您的意思是？"

"为了倒放铜马像，我们要往地下挖出一个足够大、足够深的坑。而这样做，我们会挖到米兰的地下水位。大人，血肉之躯的马在水里可以游泳，但一匹青铜马泡在水里可就完蛋了。"

伊尔·莫罗看了莱昂纳多一眼，眼里尽是冷漠。接着，他的嘴一绷。眨眼间，这位米兰领主又挤出了一丝笑容。

"莱昂纳多，您也知道，我对您是十分敬重的。"卢多维科把脸转向广场，"敬重您是工程师、画家、服装制作的大师。还有您的机智幽默，我也推崇有加。"

"大人过誉了……"

"我此刻在想，"卢多维科冷冰冰地说，"如果我不是过于仁慈的话，已经一早把您扔到大街上去了。"说着，他把目光看向城堡的一个拱门处。拱门里走出来一名金发的年轻男人，即便距离还远，也能够看出这名年轻人身材魁梧、体格健美，有传言说这是莱昂纳多喜欢的类型。"啊，加莱亚佐伯爵来了。告诉我，另外一件事进行得怎么样了？"

最后一句话卢多维科是用漫不经心的语气说的，音量也降低了许多。

"一切如大人所愿。"莱昂纳多也低声回答。

"好，好。"卢多维科恢复了正常的音量，"您说十天的，那就一言为定了。"

＊＊＊

"拜见大人。"

"你好啊，加莱亚佐。我亲爱的女儿乔瓦娜好吗？"

"依然貌美如花，快长成大姑娘了。"加莱亚佐·山赛维利诺说着捏了捏岳父的前臂，这是一种古人用的手势，表明自己"手上没有武器"。

他们俩之间其实并不需要这样的表示。之前米兰和威尼斯发生战争时，加莱亚佐·山赛维利诺就选择站在了伊尔·莫罗这一边，和他一起对抗自己的父亲罗伯特，这个卢多维科自然不会忘记。他对加莱亚佐信任有加，把当时刚满11岁的私生长女比安卡·乔瓦娜许配给了加莱亚佐。加莱亚佐所说的"快长成大姑娘了"并不表明他是个"恋童癖"：在那时，11岁被认为是一个可以承担很多事情的年纪了，也包括生孩子，如果身体条件允许的话。

"你看起来有些忧虑，卢多维科。"加莱亚佐说。旁边没有其他人的时候，他对岳父都是直呼其名的。

"一切如常，加莱亚佐。"

"你在跟莱昂纳多先生见面之前还不是这样的。"

卢多维科看着他的女婿，后者的目光十分坦诚。

加莱亚佐·山赛维利诺看起来是那种继承了父母身上所有长处的人，除了他们不怎么好的姓名。他长相英俊，这是大家都公认的，而且体格强壮、勇猛果敢，和卢多维科完全不同，所有出席过那场盛大的骑士比武大赛的米兰人对此都有目共睹。那场比武是为庆祝卢多维科和贝亚特丽斯的婚礼而举行

38

的，当时，加莱亚佐轻而易举地击败了他的所有对手——这12名对手全都丢盔弃甲，有的被加莱亚佐打下马来，有的被他的长矛刺中，总之是名誉扫地。

的确，只要和加莱亚佐说上两句话，就能感受到他的聪慧和教养。而尤为突出的，是他高超的外交技巧，但这一点只有卢多维科和其他仅有的几个人知道。在15世纪末期，加莱亚佐就是那种每位父亲为了女儿的幸福，打着灯笼想找的女婿。

不过，他有一个小小的不足：他无法从父母那里继承来显赫的姓名，他只是一名雇佣军的儿子，而出身的问题是他无法改变的。

整个米兰恐怕都找不出两个人能像卢多维科和加莱亚佐那样心有灵犀。虽然这两人不能凭出身就赢得某些头衔，但他们确信，凭借自己的能力是可以得到的。

"你说得对，亲爱的加莱亚佐。我恐怕永远都等不来那座令人操碎了心的骑马雕像了。而且，莱昂纳多先生现在根本不提我父亲了，他只是口口声声说'那匹马'。骑在马背上的弗朗切斯科·斯福尔扎似乎倒变成次要的了。"

"如果你担心的是上面的骑手，那大可不必，我向你保证。你还记得莱昂纳多先生是怎么把我固定在马鞍上的吗？"

"我现在还觉得奇怪，你当时究竟是怎样固定在马鞍上不摔下来的？"卢多维科笑着说，"还有从你头盔后面伸出来的长着翅膀的蛇……"

加莱亚佐也笑起来。他在那场骑士比武大赛中穿戴着黄金鳞片盔甲出场，那是他人生中最辉煌也最荒谬的时刻之一。当时的头盔做成了飞蛇的形状，蛇的尾巴从头盔后面直直伸出，在空中形成一个大大的螺旋，然后连接到马屁股上。光是这个头盔可能都有差不多100斤重。

"其实，蛇的爪子是固定在马后背上的，因此我的头也被整个马身给支撑住。每个受力点都平衡得如此完美，莱昂纳多先生是这方面的专家。"

"也许是，"卢多维科将信将疑，"好吧，我们暂且不用担心骑手的部分，但说到马……"

"他在马厩里花了好几个月时间研究我的西西里纯种马，把它全身上下的每个地方都量了一遍。"

"每个地方？"卢多维科窃笑起来，"就我所知的莱昂纳多而言，我肯定他会特别喜欢研究其中的某些个地方。"

"卢多维科，莱昂纳多知道他自己所做的事情。"加莱亚佐郑重地回答。

"没错，但问题在于他做不了他不会做的事情。"卢多维科说。他的脸色发黑，和他"摩尔人"的诨名再匹配不过了。"对他能否雕刻出一匹精美的马，我一点不担心，我担心的是他能否浇铸出来。我知道他跟行内几位最杰出的大师都交流过，像桑迦洛，还有工程师弗朗西斯科·迪·乔治。他们俩对此都表示怀疑。我们需要法国人的工艺，没错，法国人，没有人比他们更擅长铸造的工艺。"

"法国人也就只擅长这个。"加莱亚佐谨慎地答道，他感觉伊尔·莫罗的思绪正飘向一个和他截然不同的方向。

"但这就足够了，加莱亚佐。"伊尔·莫罗硬邦邦地说。

两人陷入了沉默，仿佛突然有一堵玻璃墙立在他们之间。当然这只是个假设性的比喻，因为那时还制作不出那样的玻璃，否则人们也不必费那么大劲用松节油浸泡布帘挂在窗户上作为遮挡了。然而，尽管沉默把两人隔开，但他们心里想的却是同一件事。

如果你面前有一排大炮，其威力足以把敌军炸得粉身碎骨，那即使拥有像加莱亚佐那样英勇善战的骑士，又或者让士兵们把自己灌醉、借着酒胆上战场厮杀也是毫无意义的，更何况伊尔·莫罗根本拿不出英勇善战的骑士战队。

当时，意大利处于城邦分割的状态，城镇、堡垒、防御要塞之间的关系错综复杂，战事不断。城市居民和农民很少会参与战争，即使有人投身其中，往往也只是沦为牺牲品。没有哪座城市拥有由爱国者组成的正规军，心甘情愿地为捍卫养育自己的神圣土地献出生命。打仗的事情全都交给了雇佣军兵团和他们的首领。其中一位大名鼎鼎的指挥官是英国人约翰·霍克伍德，意大利人叫他乔凡尼·阿库托。他代表第三方出征，取得了公认的显赫战绩。为了纪念他的功勋，人们为他建造了一座高达七米的骑士铜像。（不过必须说明的是，这座铜像只是存在于佛罗伦萨圣母百花大教堂保罗·乌切洛所作的一幅壁画上，只是二维的图像。）

据说，每当有人对这位英国勇士致以祝福"愿和平与您同在"，他都会回答："我可不愿意，否则我就要失业了。"这并非他有多愤世嫉俗，而是他的职业需求使然。对这些雇佣军兵团和他们的首领而言，打仗只是一种谋生方式，他们是职业军人，无意成为英雄，更不想在战争中丧命。当然，城邦之间的战争大都是小规模的冲突而已，大部分的暴力事件发生在被占领城镇的居民身上，他们被抢劫、屠杀或强奸，根本没有反抗之力。显而易见，这些在意大利横行霸道的雇佣军兵团，几十年来只知道玩弄各种愚蠢的把戏、欺负没有防御能力的老百姓，他们既受不到强有力的刺激，也缺乏旗鼓相当的对手，战斗力因此变得越来越弱了。

法国军队则完全不同，首要的一点，全都由法国人组成。他们当中没有来自达尔马提亚或者荷兰的雇佣兵，事实上，根本没有雇佣兵。他们都是神圣查理八世皇帝的同胞，个个都彪悍强壮，而且军心稳固，大家有着共同的语言和目标。其次，在意大利，军团的首领在积累了一定财富后，往往开始向上层社会靠拢，他们的子嗣在某些情况下也开始转变为领主或外交官。而在法国，当时的社会阶层构成很不公平，士兵永远只能做士兵，他们被训练成杀人机器，面对别国的臣民时只知道夺取他们的性命，而不懂得通过打胜仗来积累自己的资本和财富。

在一段长时间的沉默后，伊尔·莫罗终于说话了："必须尽快弄清楚法国人到底有什么意图，我们已经等太久了。"

* * *

"我已经等太久了！"这个身材短小的人抱怨道，身上穿着长筒袜和睡袍，"我的早餐在哪？"

"我现在马上去催，陛下。"科米纳公爵立刻答道，径直走向门口。

"赶紧，公爵。"国王边说边把他被子里躺着的娼妓模样的半裸女人踢开，"穿上衣服，给我滚蛋。我们要谈正事了。"

"陛下，……"女人骂骂咧咧地说道，暴露出娼妓的说话方式，这也的确就是她的职业。

"很好，宝贝，我就喜欢你的粗俗无耻。"神圣查理八世国王开始下床，他显得有点费劲，因为他的床垫离地有80公分高，而他的腿伸直了大概也只有60公分长。"但我们马上就要讨论战争、政治，还有其他你听不懂的事，所以赶紧穿上衣服滚吧。要不然你就这样走也行，反正你也没羞没臊的。顺便去看看为什么我的早餐半天都不来。"

国王笨拙地往床下一跳，着陆在地板上。

查理八世国王的首要问题是他只有国王的虚名，从外表上看，他无论如何不像个国王。在场的另一位公爵路易·迪·瓦洛伊边看着国王边想。他是国王的堂亲，亦即奥尔良公爵。此刻国王正把自己硬塞进一件羊毛织的华贵衣服里，他看上去就像一堆骨头加毛发胡乱拼凑在一起的荒诞组合体：身材矮小，驼背，有一个可怕的鼻子和一簇不守规矩的胡子——这是唯一可以显示出他男性特征的东西。查理八世看起来的确不像个国王，反倒像一张还没安装好的矮板凳。

"好，先生们，现在我们可以谈谈了。"国王说道。他成功地穿上了那件衣服而没令自己窒息而死，这简直是他一生中经历过的最了不起的冒险了。"公爵大人，您的脸色怎么这么难看？像是吞了一只癞蛤蟆？"

"国王陛下，"奥尔良公爵干咳了一声，说道，"我认为在别人面前如此公开地谈论战争是不明智的。毕竟，您昨晚来的那位客人是个街头娼妓，她接待的是形形色色的人。"

其中也包括陛下您呢，公爵心里想，当然没说出口。

"对，公爵，您说的没错。但我即将进行的冒险事业实在是非同凡响，所以我迫不及待地要开始了。"国王笨重地跳起来，抓住放在床边的一杆长戟，做出一个刺向敌方的动作，"公爵您想想，只要我一声令下，咱们的军队就会像汉尼拔率领的军队那样翻过阿尔卑斯山脉，进入意大利。意大利的各个公国都会对我们毕恭毕敬，让我们通过。威尼斯、米兰和佛罗伦萨都已经做好了准备，为解放那不勒斯的拯救者欢呼，而且会在我们进军阿方索的阿拉贡领地时帮助我们。我们甚至不费一枪一弹就可以征服那不勒斯。"

这人又在胡思乱想了，奥尔良公爵心想。

神圣查理八世国王的另一个问题就是他太笨了——无需多言，各位读者自己都能感受到。他身体孱弱，呆头笨脑，正如威尼斯大使孔达里尼所说，这位法国国王一生中从未亲历战争，甚至连何谓战争都不知道。他对战争的所有概念都来自关于骑士的书籍和诗篇，里面描述的都是胜利、征服、荣耀，以及骑士阵亡前吹响的悲壮的号角。从这些内容里，他找到了灵感——自己会成为一位伟大的骑士，一位注定取得辉煌成就的骑士。但凡有一点军事经验的人，比如奥尔良公爵，都清楚地知道，当战争真的打响时，无论是在军事部署还是实战当中，像神圣查理八世国王这样的人只会帮倒忙。

但对于毫无经验的查理八世国王来说，他真的相信自己会像文学作品里所描述那样，只要打定主意，下令出征，就能按照自己的意愿征服整个意大利。直到现在，这种一厢情愿的事情还发生在不少现代人身上。不同之处在于，以前文学诗篇里营造的幻境，如今则置换到互联网世界里。

"又或者，"国王仍在兴致勃勃地继续说，根本没领会公爵的想法，"如果我们已经出征了的话，说不定马上就能征服意大利了。我们还在等什么呢，主教大人？"

布里索内·迪·圣马洛主教皱了皱眉，心里在想不知该从何说起。

"陛下，当前最主要的问题是如何搬运大炮。它们非常沉重，打起仗来当然是威力巨大，但如何随军队运输却是一件令人头疼的事。目前我们还缺少适合把这些大炮运过阿尔卑斯山脉的工具和人力。"

"那就造啊。"国王答道，仿佛在展示自己有名副其实的统治才能。

"我们已经委任杜普勒斯大师来设计和制造，但这至少要花费三万达克特金币。"

"我们连区区三万都拿不出来吗？没有的话，就问我们的盟友卢多维科借吧，反正他答应过，无论是在领土还是金钱上，都会协助我们。派人去叫贝吉奥西奥大使来，快。噢，公爵，我的早餐到底是怎么回事？"

"已经准备好了，"科米纳公爵说着走进了房间，身后跟着几个身穿制服的仆人，手上端着盘子，盘子里堆满了面包、烤肉和盛饮料的玻璃瓶，"让陛下久等了。"

"没关系，公爵，没关系。我正派人叫贝吉奥西奥大使过来，让他告诉他的主子，我们需要一笔钱，其实也就三万达克特金币，对卢多维科来说只是个小数目。应该没什么问题吧？科米纳，您觉得呢？"

"我希望没什么问题，陛下。但认为卢多维科理所当然能借钱给我们也有些风险，他的财政状况并没有看起来的那么乐观。"说着科米纳公爵也干咳起来，"据我估计，米兰公国每年的收入大约有50万达克特金币，加上税收，大概70万达克特金币，如果我没算错的话。"

科米纳公爵之所以这样说，无疑是想向查理八世国王解释，米兰公国的财政压力相当大，这或许说明了其国库状况不容乐观，而且迟早不堪重荷。但国王认为他已经听明白了，没必要再听下去。

"很好，如果他的收入达到这个数，对他是个好事，对我们也是。我会马上命令贝吉奥西奥大使去传达我们的要求。主教大人，麻烦您把那个盘子递给我。"

* * *

"公爵，有句话跟您说……"

"科米纳公爵，请说。"

科米纳公爵在长长的走廊里追上了奥尔良公爵，把一只戴着手套的手搭在他肩膀上。这种亲密的动作，在国王面前当然不会表露出来。而此刻身处皇家的马厩，两人才无拘无束起来。

"有一件非常重要的事情要跟您商量。"

"说吧，这里很安全。"

"我有些担忧，公爵。自从贝吉奥西奥大使回来后，有个想法一直困扰着我，弄得我好几个晚上都失眠了。"

"难道是大使跟您说了什么问题？我还想着已经万事俱备了。"

"没有，没什么问题。"科米纳说，"大使向我确认过，现在这种同盟关系对我们是很有利的，并且再次重申我们的军队可以安全地通过米兰公国的领地。今天我收到了来自佩隆·德·巴斯卡先生的信，他是我派去意大利的特使，在信里他也跟我确认了这一计划。"

"那就没任何问题了。"

"的确没什么问题了，但我总觉得那恰恰就是问题所在。为什么卢多维科愿意无条件让我们经过他的领地？我们的军队比他的强大，他不担心我们趁机把他赶下台吗？"

"但这并不是我们的目的，我们的目的和卢多维科是一致的——把阿拉贡赶出那不勒斯。"

"国王想把阿拉贡赶走，然后夺取那不勒斯的领土。"科米纳沉思着说，"但他肯定不会率军出征的，公爵您才是统帅。这一点卢多维科自然也预料得到。"

奥尔良公爵望向科米纳。

路易·迪·瓦洛伊，这位奥尔良公爵一直觊觎着米兰公国，想要继承米兰公爵之位，这是一个公开的秘密，因为他祖母瓦伦蒂娜·维斯孔蒂的家族才是米兰公国真正的领主，只是后来被斯福尔扎家族夺取了权位。如果奥尔良公爵能独立做主的话，他会毫不迟疑地率兵进军米兰，赶走篡权者，重新夺回自己的王位。米兰可是个非常富饶繁荣的好地方，大家都对这块肥肉垂涎三尺。

但事实上，奥尔良公爵没有为所欲为的自由，他必须听命于国王，他的国王。换句话说，也就是我们前面提到过的那个又矮小又无能的白痴。别说一个公国了，国王恐怕连个茅坑都攻占不下来。

那卢多维科为何对此毫不担心？

　　"我们的军队都要出现在他的领土上了，按理他应该有所顾虑，但很明显他并没有。"科米纳说出了奥尔良公爵的想法，"恐怕他的淡定并非来自稳固的外交关系或者充足的财库。"

　　"那来自什么呢？"

　　"卢多维科手下有一位叫做莱昂纳多的能人，莱昂纳多·迪·赛尔·皮耶罗·达芬奇。"

　　"这个名字我也有所耳闻，听说是一名很出色的画家。"

　　其实，奥尔良公爵很清楚谁是莱昂纳多，他们甚至还见过面。但作为一名外交官，习惯性装傻是必不可少的技能。

　　"您只是有所耳闻，我可是亲眼见过他的发明。他不仅仅是画家，还是工程师和军火器械发明家。两年前，我曾亲见加莱亚佐·山赛维利诺穿着他设计的一套黄金盔甲参加比武大赛。您相信我，单单是那个头盔的重量都绝对比穿戴者自己要重。但是加莱亚佐动作敏捷，如羽毛般轻巧。有好几个人告诉我，那里头藏着一套复杂的机关轮轴，用来增强骑士的力量。还有曾经在他工作室干过的人告诉我，工作室里有像乌龟一样爬行的炸弹，还有其他林林总总的发明……"

　　"您在担心什么呢，公爵？"

　　科米纳公爵直直盯着他同伴的眼睛说道："他们说莱昂纳多先生已经成功研制出一种可以自动控制、参与作战的无人盔甲。盔甲在胸口的地方装有大型的发条，借助发条的动力可以触发各种装置。我不知道这是不是真的，也不知道他是不是还研制出了其他更加可怕的武器，我无法排除这个可能性。如果您当时能看到加莱亚佐戴着那个头盔行动的样子，您就明白了。正常人不可能那样行动，他看起来像是拥有了某种超自然的力量。如果我们对敌方的武器一无所知就贸贸然进入他们的领土，那实在是太危险了！"

听着科米纳说的话，奥尔良公爵的脑子就像急流中的水车一样快速转动起来。

没错，不了解敌方的战斗力就贸然行动的确很危险，但如果能将那些不可思议的武器据为己有就乐不可支了！要偷取一件武器既危险、难度又高，但如果是偷取武器的设计图就容易多了。

莱昂纳多先生不参与制造，他只负责设计、计算、测量，然后画出清晰精准的图纸，画出来的东西人所未见。奥尔良公爵曾亲眼看过这位来自佛罗伦萨的大师的制图，直看得他眼花缭乱。按照图纸来制造一件武器装置比盗取成品要容易得多。要想办法弄到其中一张图纸，能弄到全部则更妙。

毫无疑问，莱昂纳多有一个秘密笔记本，像那个时代所有的数学家和工程师一样。这是他们的安全通行证和宝贵财富，如果不慎把自己研究多年的成果泄露出去，别人就能轻易制造出类似的东西。这在科学研究领域的确是个问题，任何人一旦得知个中奥妙，便可从中获利。

"说得对，我们要弄个明白。您有什么建议吗，科米纳公爵？"

"我的两个亲信，罗比诺和马特内，现在正跟随着佩隆先生纵贯意大利，"科米纳回答道，"我可以让他们收集一下情报。"

"我觉得可行。另外，科米纳公爵……"

"您说。"

"为了确保此次行动成功，必须保守秘密，这件事情只有我和你知道……"

"我得告诉佩隆先生，否则他会起疑心。"

"好，可以告诉他。但除了他，绝对不能再有其他人知道了。"

三

"味道真的太棒了。不管别人怎么说，反正我认为肉就是要放在火上烤才原汁原味。"

阿切利托·波尔提纳里把右手放在桌子上，手心手背上下翻转，比画着烤肉的样子，他的手跟烤肉还真有几分相像。

"这一面先烤一分钟，然后另一面再烤一分钟，这样就可以吃了。米兰的这些野蛮人，居然把肉焖上好几个小时。这样糟蹋食材，难道是在虐待人吗？而我们佛罗伦萨人，深知大自然把一切都安排得恰如其分，所以我们只会顺应自然，从不暴殄天物。"

阿切利托·波尔提纳里把餐刀放在吃得一干二净的盘子旁边，看着莱昂纳多，肉乎乎的脸上堆满了笑意。

"我同意。"莱昂纳多也笑着回答。他把勺子放在自己的盘子旁，盘里还有一半的食物，而且都是蔬菜，没有半点肉。"很荣幸您对卡特丽娜的厨艺这么满意。还要再来点菊苣吗？"

"不了谢谢，我可从来不吃配菜。对于一个男人来说，有酒有肉就足够了。美酒和好肉是不能辜负的，剩下的那些都是听从医生的建议才吃的。好了，莱昂纳多先生，现在我能为您做些什么呢？"

阿切利托·波尔提纳里看着莱昂纳多，那双猪眼睛在他涂满猪油般的脸上闪闪发亮。

在15世纪末，肥胖是一种地位的象征，因为这意味着你每天可以敞开肚皮大吃大喝，也无需做什么体力劳动，卡路里只被消耗掉一小部分。事实上，在阿切利托·波尔提纳里的人生里，也从不需要为了生活而奔波劳碌。之前他依靠身为美第奇银行米兰代表的哥哥皮杰罗，衣食无忧。在皮杰罗过世之后，又继承了他的大笔遗产，过上了更舒适的生活。

"做您的老本行，阿切利托先生。"莱昂纳多半笑着回答。

"您是打算投资？"阿切利托顿时眉开眼笑，"那真是太好了，您可找对人了。我谦卑地代表美第奇银行为您效劳。"

听到他提起美第奇银行，莱昂纳多心里的疑虑打消了。哥哥皮杰罗死了之后，阿切利托遇到了不少偿付上的问题，事实上问题还挺多，以至于洛伦佐·德·美第奇一度想要关闭米兰支行，并把位于科马西纳门地段知名度很高的办公建筑，连同豪华壮观的浮雕大门，以及佛帕的壁画一同拍卖掉。幸运的是，阿切利托在最后关头找到了新的投资人，其中有一个叫乔瓦尼·波尔提纳里的人莱昂纳多也认识，但其实他除了姓氏和阿切利托一样外，并没有别的相同之处。阿切利托重拾他哥哥之前的业务——贷款、投资、信用证交换，一系列事情表明他干得还不错。

"不是我夸口，我们可是米兰最受信赖的银行。"阿切利托继续说道，"我们随时为您效劳，莱昂纳多先生。就看您的钱想存多久了，如果存六个月，我能给到您百分之十的利息。

如果是一年的话，我能把利息调高到百分之十二。"

"要是我马上就需要钱呢？"

"马上？"

"我不是要投资，阿切利托先生，我是想跟您借钱。"

"啊？！"

莱昂纳多在研究和分析人的面部表情方面的能力可谓举世无双，但即使没有这样的天分，你也能捕捉到这位宾客此时的心情。不说是波提切利（15世纪末佛罗伦萨著名画家），就连他的学徒，例如叫马可·多吉奥诺之类的，应该都能看出阿切利托当时满脸的失望之情。像前面提到的，可能只有莱昂纳多能把他那一刻的表情精确地画下来，但画下来也是徒劳。

"我听说，您贷款收取利息，无论多大的数额您都能贷。"莱昂纳多说，像是在提醒阿切利托他工作的本质。

"这倒没错，莱昂纳多先生。"

"我知道，今年我们的领主卢多维科也向您借了差不多一万达克特金币。不过您放心，我不会借那么大的数额。我只需要您资助一笔小数目帮我渡过眼下的难关，到年末我收到各项酬劳后就可以归还给您。兄弟会还欠我一笔1200里拉的画款呢。"

"是那幅《岩间圣母》的画吗？我看到过，了不起的作品！莱昂纳多先生，您可真是位天才啊。"

"您过奖了。不过您也知道……天才也是要吃饭的，他们的学徒也如此，更别提他们的母亲了。"

"看来大家说的是真的？给我们制作这么美味烤肉的卡特丽娜就是您的母亲？"

"是的，就像耶稣被钉死在十字架上那样千真万确，"卡特丽娜边说边走了进来，"美味的烤肉，的确是，但我心爱的儿子竟然连碰都不碰。您还要再来些红酒吗，阿切利托先生？"

"不了，谢谢您，夫人。"

卡特丽娜出去之后，阿切利托停了一会儿，然后说："莱昂纳多先生，您知道一家银行是如何运作的吗？"

"我当然知道。就是您以百分之十二的利息跟别人借钱，然后以百分之十五的利息贷款给我，中间的百分之三就是您的利润。"

"比您说的要复杂一些。事实上，我掌控着米兰大部分的金钱，阿莫拉里整条街上的商铺老板都是我的客户，甚至远到洛迪的某些官员，也是我的客户。"

"那太好了，说明您业务很兴隆。那给您搞艺术的同乡借五百达克特金币应该没问题吧。"

"我的业务确实做得不错，我管理着巨额的金钱，比我实际拥有的要多得多。莱昂纳多先生，您看，银行就像一个玩杂耍的——把别人的钱悬在半空中，每次我只能触碰到一个金币，属于别人的金币，得到一点蝇头小利。即使我头上飘着十个盘子的金币，我手里也只有一个，就连这一个都还不是我自己的。"

客观地说，这的确是事实。虽然分行的营业额能达到十万达克特金币，但它的资本金大约只有十分之一，几乎不到一万达克特金币。还有一个事实就是，阿切利托每次要拒绝借贷给别人时，就会滔滔不绝地说上一堆理由。通常这时他都会跟来借钱的人说，除非有明确的担保作为回报，否则钱是绝对借不到的。现在他面对的是一位天才，就不用如此明说了。

"您是想告诉我，不是什么人都能随随便便来借钱，对吧？"莱昂纳多说道，仍然面带微笑，"我明白，但我跟平时来找您借钱的人可不一样啊，阿切利托先生。您很了解我，我除了那堆不合时宜的衣服外，还能给您更多的担保。我有自己的工作室和许多画作，您很清楚，对吧？"

"您说得对，莱昂纳多先生，这也正是为什么我不能借钱给您的原因。您只借五百达克特金币，却提供价值高出十倍的画作来做担保，那我岂不是成了高利贷？"

"如果有人出钱买的话，"莱昂纳多摇了摇头说，"的确，您说得没错，我的作品是挺值钱，所以也很少人买得起。"

"对的，这里可不像佛罗伦萨，那里的人懂得欣赏美好的事物，而且舍得在那上面花钱。"

"相信我，这里的人也懂欣赏，只是大家都没钱，所以得靠借钱来买。大家都在借钱，就连公爵大人也在借钱。"

阿切利托不怀好意地微微一笑："莱昂纳多先生，您是指哪位公爵大人啊？小心点，米兰这儿所有事情都不明不白的。您是指巴里公爵，卢多维科·伊尔·莫罗？还是米兰公爵，亲爱的吉安·加莱亚佐？对了，您知不知道，您的名字都被编进关于米兰公爵的新诗里了？我那天在纳维利运河的船上听到的。"

说着，阿切利托便摆出一副男高音的样子唱了起来：

他们紧急召唤莱昂纳多，他们是谁？

他们是光着身子的吉安·加莱亚佐和伊莎贝拉。

他们急需要什么？他们需要一台机器，一台让丈夫重振雄风的机器。

吉安·加莱亚佐和伊莎贝拉的婚姻生活真是糟透了，这样隐私的事情被传到满城皆知。几个月来，这位还不到20岁的公爵吉安·加莱亚佐和自己的妻子伊莎贝拉的婚姻生活并不和谐。身为宫廷医生和占星大师的安布罗基奥·瓦雷萨·达·罗萨德说是精神性阳痿；公爵自己则坚称是星象不合；坊间还流传着一种说法，吉安·加莱亚佐喜欢那些体格健美的年轻男仆，经常与他们躲在厚厚的帘子后面偷偷摸摸。反正，这段婚姻并未如上天安排般美满，正因如此，卢多维科和红衣主教阿斯卡尼奥·斯福尔扎都希望利用自己的影响力督促吉安·加莱亚佐履行自己的婚姻义务。"夫妻不同房会遭天谴的，"叔叔们曾恶狠狠地对他说，"如果你不想下地狱的话，就得想办法克服自己的心魔，做你该做的事。要不然婚姻宣告无效，你妻子带过来的上万元嫁妆都要还回去，更别提我们会颜面尽丢了。"

正在这时，卡特丽娜走了进来，开始收拾餐桌上的盘子。虽然只不过十秒钟的时间，但她刚好听见了阿切利托所唱的内容，而且留意到儿子的脸色一变，看起来令人担忧。

"唉，这我可无能为力，阿切利托先生，"莱昂纳多说着，把头扭开，"我有各种各样的机器可以增强人的力量，但我无法改变人的意愿和取向。即使我可以，我也绝不会那样去做的，这点我向您保证。"

"哎呀，莱昂纳多先生，别板着脸嘛。现在人人都知道吉安·加莱亚佐是个同性恋，连法国人都知道了，所以这也算不上什么国家机密了。说起来，莱昂纳多先生……您知道，犯鸡奸罪在米兰是要被绑在火刑柱上烧死的，已故公爵加莱亚佐·马里亚定下的法律沿用至今。不像在佛罗伦萨，人们对事情还比较宽容些。"

"您到底想说什么呢，阿切利托先生？"

"我只是想给您一个建议。这儿的人喜欢说是非……不像我们佛罗伦萨。啊，我美丽的家乡……不知道您怎么想，反正我是十分思念家乡啊……"

"我可以问您一个问题吗？阿切利托先生……"卡特丽娜絮絮叨叨地问道。

"您请问，夫人。"

"如果您真的这么惦记着故乡佛罗伦萨，那您为什么不干脆回去呢？"

* * *

"原因很简单，因为我觉得不合适。你需要我，马克西米利安也需要我。仅仅是几天不见他，我就发现他又长大了。"

"谢谢你考虑得这么周到，"卢多维科·伊尔·莫罗说道，"但我还是觉得，回家乡一趟看看你的父亲和姐姐，对他们来说是个安慰，对你自己也是如此。"

贝亚特丽斯看都没看卢多维科，径直向孩子走去。小男孩正在地板上蹒跚爬行，小手上沾满了侍从们撒在地面上的香草，那是用来遮盖卧室里闷热的气味的。一位黑衣妇人用严厉的目光看着他，身穿红衣的卢多维科则满眼关切地注视着小男孩。

"快过来，马克西米利安……"

贝亚特丽斯快速地伸长双臂，一把将孩子举到空中，让他正对着自己。黑衣妇人只是在一旁看着小男孩被抱起，并没有动，尽管这本应是她的职责。她叫特奥多拉，是马克西米利安的奶妈，负责全天24小时照看着孩子，他父母每天来陪他的时间只不过几分钟而已。

贝亚特丽斯·德斯特生下儿子时才18岁，但以现代人的眼光看来，以为她已经30多岁了。她生完孩子后，身材有些走样，看上去胖乎乎的，还有双下巴。巴里公爵夫人试图通过穿宽松的连衣长裙来遮盖她的赘肉，裙子上有金银竖纹的图案，使她看起来显得苗条些。像前面提到过的那样，在那个时代，肥胖是生活富足的身份象征，但即使在那时，对女性而言，身材外貌上的要求还是比男性要严格许多的。

但这一天，公爵夫人身穿一条带着蓬松灯笼袖的褐色连衣裙，头戴一顶黑色的丝质帽子，上面垂着长长的白纱，而没有戴她平日的珍珠头饰。她正在服丧期，她的母亲，阿拉贡的埃莉诺，刚刚去世了，这也是为什么卢多维科这几天一直在劝她回一趟费拉拉的娘家，希望她能借此机会平复一下心情。

"如果你能兑现当初的承诺，我父亲就足以宽心了。至于能令我自己宽心的，就是成为米兰公爵的夫人。"

"贝亚特丽斯，我最亲爱的妻子，你很清楚这不是我一个人能做主的事情。能让你父亲当上法国军队的统帅，这也是我最理想的选择。可是星象不利啊，今天早上我还和安布罗基奥大师讨论过这件事。是这样吧，大师？"

"是的，大人，星象已经说得很清楚了。"安布罗基奥的声音深邃而低沉，就像是从地底下传来似的。只有智者才能发出这种声音，他所说的并非自己的看法，而是来自他渊博的学识。至少，他自己是这样认为的。"水星正受到恒星的不利影响，对于那些命运与水星联系在一起的人来说，这是一个可怕的时刻，例如说出生日期属于天蝎座的人。"

"皮耶特罗大人可不是这样说的，"贝亚特丽斯打断了他，声音提高了八度，"他说，10月这个时间段，加上寒冷潮湿的天气，十分有利于天蝎座的人获取能量，展现自我。所以，我父亲正处于能量大爆发的时刻。"

安布罗基奥大师惊讶地扬起了眉毛，扭头盯着卢多维科。

他的眼神似乎是在说："我可是安布罗基奥·瓦雷萨·达·罗萨德，宫廷医生、儿科专家、占星学家、牙医，也是大人您的政治和军事顾问。而您的妻子竟然拿一个无名鼠辈的话来质疑我？"

沉默片刻后，安布罗基奥大师又望向贝亚特丽斯。"夫人阁下，眼下对您卓越的父亲而言，是一个最不吉利的时候。您看，您才刚刚痛失爱母，对您父亲和米兰公国来说，这都是一个不可弥补的损失。消息来得太突然，令人无法预料。当然，这对研究星象的人来说并不算意外。"

这就是安布罗基奥作为一名优秀占星学家的过人之处：他只记住，并且不断刻意强调那些能证实他预言的事情，而他预言得不对的则一律轻描淡写，或者干脆只字不提。

伊尔·莫罗站了起来，他也看着自己的妻子。而她仍死死地盯着安布罗吉奥大师，似乎已经知道了该怎么回击他，如果此刻房间里像往常一样，没有其他人在场的话。

"而且，我最亲爱的妻子，你得明白，我不可能不征求盟友的意见就做出这个决定。在这场战争中，我们可不能无视法国人的意愿，反而……啊，亲爱的加莱亚佐，你来了，快进来，快进来。你有没有听到我刚才说的话？"

"听到一些。"加莱亚佐·山赛维利诺彬彬有礼地回答。事实上，他已经站在门外等了五分钟，等着卢多维科叫他进来。虽然他们交情匪浅，但卢多维科毕竟是米兰的领主和统治者。"不幸的是，我们必须说服我们的盟友，这可不容易。"

他伸出戴着手套的手，手里握着一封散发出浓烈烟熏香味的信，一封来自法国的信。这可不是因为法国人惯于对信件进行香熏，而是安布罗基奥大师为了预防瘟疫，下令对所有来自疾病易于传播地区的信函都要进行烟熏消毒，例如阿尔卑斯山另一边的那些国家。

卢多维科接过信来打开，然后聚精会神地看起来。在他身后的贝亚特丽斯假装在和孩子玩耍，其实是伸长脖子，想窥视信的内容。

"是科米纳公爵写来的。他告诉我们，他将翻过阿尔卑斯山，不日到达米兰，与查理八世国王的使者佩隆·德·巴斯克碰面。他在米兰期间希望得到我们的接待。"

"这个佩隆·德·巴斯克是谁？"贝亚特丽斯假装毫无兴趣地问道，但假得就像一张面值三元的伪钞。

"他是派来意大利的特使，从那不勒斯一路往北，意在探查那不勒斯军队的实力，还有盟军的状况。我们要做好打仗的准备了，我亲爱的加莱亚佐。"

"的确是的，我们该好好商量一下了。我在马厩等您可好？"

"不用，就在这好了，加莱亚佐。我们夫妻间没什么秘密好隐瞒的。"

加莱亚佐真的不想再继续待在这个房间里，但他那高贵的脸庞并没有流露出丝毫的失望。自从贝亚特丽斯的母亲过世之后，她便足不出房，一日三餐都在自己的房间里解决，卢多维科和加莱亚佐在场时也是这样。房间笼罩在阴郁的气氛里，静默得令人窒息，这几个星期来都是如此，尽管这天早上贝亚特丽斯看起来精神已经振作了不少。加莱亚佐是个行动派，他更喜欢待在户外，哀悼期的这种气氛让他觉得太难受了，所以他想方设法避开待在公爵和公爵夫人的住所，还有重重压在他们头顶的压抑之云。这也不仅仅是打比方，各位可以想象这间屋子里的气味有多难以忍受，加莱亚佐宁愿去马厩也不想待在这里的事实就说明了一切。

"不管怎样，眼下我们要考虑的是怎样安排他们的食宿。我认为让他们就住在城堡这里挺合适的。"

"您不觉得，我们得好好安排一下，欢迎他们的到来吗？"贝亚特丽斯说着，又快活起来，寻思着终于找到一个机会可以穿上华丽闪亮的衣裙而不用穿丧服了。

"我们应该举办一场隆重而特别的宴会来欢迎盟国的贵宾，就像博塔之前安排的那次，大家还记得吗？找人来扮演众神宣布每道菜的名称……"

妻子兴致勃勃地在说着，卢多维科则一直在思考着什么，他十指交叉，不停地来回蹭着自己的嘴巴和鼻子，仿佛在祈祷自己能想出个好主意。

"亲爱的妻子，我也拿不准。法国人比较粗俗，不像我们米兰人或者那不勒斯人那么有品位。我在想……我们能找个会说法语的侏儒吗？"

"这主意太棒了！"贝亚特丽斯叫了起来，她向孩子微笑着，开心地把他又举到了空中。"我们就找侏儒和杂耍演员来进行一场精彩的表演！妙啊，我的大人，您真是太足智多谋了。这种安排对法国人来说最合适不过了。马克西米利安，看看你爸爸多有智慧！"

马克西米利安（卢多维科和贝亚特丽斯的长子，全名是埃尔科莱·马克西米利安·斯福尔扎，但他的母亲总喜欢叫他的中间名。如果你猜测她这样叫是为了奉承那位奥地利皇帝的话，那你还真猜对了）开心得咯咯笑起来，看着也在微笑的加莱亚佐·山赛维利诺。

"我也觉得这个主意很棒，"加莱亚佐赞许地说，并且转过身去，朝伊尔·莫罗用力地点了点头，"我们的总管也要知道这件事吧，需要我去叫他来吗？"

"好的，让他过来吧，加莱亚佐。我们还是要好好招待客人的，否则就显得无礼了，对吧？"

* * *

"你真的太无礼了，卡特丽娜。"

"是的，你说对了。但别人对我无礼，我也没必要对他客气。"卡特丽娜一边说，一边在房间里来来回回地走着。此刻阿切利托刚走，离开时只是仓促地说了声再见，跟来时热情寒暄的态度截然不同。"你邀请他来吃午饭，用全米兰最好的小牛肉款待他。结果呢，这个放高利贷的不但拒绝给你提供任何帮助，还胡扯什么受火刑？放高利贷的人也要受火刑的，难道他不知道吗？"

"什么叫'也'？还有谁？"

卡特丽娜继续在房间里踱来踱去，拿着一块破布擦擦这擦擦那，然后有些费劲地在儿子对面坐了下来。

"莱昂纳多，我可不是个傻子。"

"我当然知道，母亲，我是你的儿子。如果一个黑人与一个白人结婚，他们生下的孩子皮肤是灰色的。但如果一个孩子出生时是黑皮肤，那他的父母就一定都是黑皮肤的。你不觉得是这样吗？"

"听着，莱昂纳多。你在佛罗伦萨的时候，我听说过关于你某些行为的流言蜚语，但我也没理会。人心是丑恶的，对自己的同类也不放过，对一个下人的儿子会怎样就可想而知了。可是现在我过来了，亲眼看见……"

"看见什么了，母亲？"

"萨莱伊，那个总是在我们房子里闲逛的小子。他既不画画，也不准备颜料，确切地说他什么都不干，但他却和你住在一起。"

"他也不是什么都不干，他可是个技术高超的小偷。"莱昂纳多抬起眉毛看着卡特丽娜。就在这时，萨莱伊从门后探出头来，仿佛感觉到有人在谈论他。"不开玩笑了，母亲。当学徒都是从最卑微的工作干起的，我以前刚去韦罗基奥工作室当学徒的时候，还打扫过鸡笼。"

是的，你没有听错。那时候艺术家们家里都有鸡笼，但并不是为了养鸡吃来补充营养。在莱昂纳多的那个年代，人们还没完全掌握油画的技术，15世纪的佛罗伦萨，画家普遍使用蛋彩画法，在拉丁语中称作temperando，原意为混合。莱昂纳多虽然不懂拉丁语，但其绘画技巧是一样的：就是用颜料混合像蛋黄一类能起黏合作用的物质来绘画，等画干了以后，表面就会形成一层格子状的蛋白质保护膜，把颜色"永远"锁在画上。超市的出现是450年后的事了，所以当时的画家们想要用上新鲜的鸡蛋，最简单实用的方法就是在家里弄个鸡笼养鸡。而那儿通常就是学徒开始工作的地方：负责鸡笼的清洁。之后才可以逐渐承担凭借其天分能胜任的工作：打鸡蛋、剥兔子皮、磨颜料，等等。在真正能落笔作画之前，要经历一段相当漫长的时间。

上面这段解释对现代人来说或许很有趣，但对卡特丽娜来说一点也不。她很清楚一个艺术家的工作室是怎样运作的，自然也清楚当他把学徒带到里屋后会发生什么事情。

她叹了口气说："听着，莱昂纳多。你几乎从来不去参加弥撒，这样对吗？"

"我为什么要去弥撒？如果传教士们是按照福音书上的内容传道的话，我是很愿意去的。可我听见的净是他们的一派胡言，还说成是上帝的旨意，就像佛罗伦萨的萨沃纳罗拉教士，还有米兰这里的乔阿奇诺教士也是一样。"

"可是去年萨沃纳罗拉教士才说过灾难会降临佛罗伦萨，结果三天以后洛伦佐·德·美第奇就死了啊。"

　　"这事还要上帝亲口宣布吗？洛伦佐当时得了痛风，站都站不稳，全身肿得像个羊皮球。"莱昂纳多伸开手向萨莱伊示意，萨莱伊走到他跟前，像只小猫一样蜷缩在他的膝间，"好吧，连我也能预测这小恶棍不出三天肯定又要偷东西，只要你够了解他。"

　　"莱昂纳多先生，真的不是我！您上次一定是把账目算错了。"

　　"听见了吗，母亲？这就是萨莱伊的口头禅。狗的口头禅是'汪汪汪'，猫的口头禅是'喵喵喵'，而萨莱伊的口头禅是'真的不是我'。"莱昂纳多在男孩的后颈上拍了一下，与其说是拍不如说是轻抚，"传教士们口口声声说'以上帝之名'，那也不过是句口头禅而已。"

　　"我的儿子，你说话可得当心！有什么闪失不只上帝会惩罚你，让其他人知道了也会让你遭罪。当时你在佛罗伦萨逃过一劫，还不是因为和你一起的是美第奇家族的一个小表亲。要是他被判罪，你也会受牵连的。但我们现在不在佛罗伦萨，是在米兰。你说话做事都要小心啊！"

　　"那母亲，我到底是做了什么要受到这样的谴责呢？"

　　"莱昂纳多，你自己知道。"

　　"母亲，你直说好了。如果是我自己心知肚明的事情，我不会觉得尴尬的。"

　　卡特丽娜陷入了沉默，用双手扭着抹布。

　　"你是指我做了什么不合常理的事？像我们的朋友波尔提纳里说的那样？"

　　卡特丽娜还是没说话，但几乎是难以觉察地点了点头。

　　"没错，妈妈。我是做了不合常理的事。或者更准确地说，我只做了一件不合常理的事，唯一一件，你知道是什么吗？"莱昂纳多慈爱地抚摸着萨莱伊的头发，而后者像只惬意地打着呼噜的猫一样，动了动脑袋，伸长脖子靠向它的主人，"那就是我不吃肉。我不会以这些低我一等的动物为食物，也不愿意看见它们被我或是其他人杀掉。弱肉强食是自然界的普遍法则，但我绝不会这样做，而且我很厌恶这种做法。"

　　莱昂纳多拍了拍萨莱伊的背，示意他起身，自己也从桌旁站了起来，显然是被午饭后发生的一切影响了情绪。他用手把身上的粉红色衣服拉直、抚平。

　　"我讨厌吃肉，但不反对我爱的人吃，所以我才会给你带回来一块肉，随便你把它做成肉汤还是肉丸，只要你喜欢就行。我不吃肉，因为这样做令我觉得开心。而你吃肉，因为这样做令你觉得开心。"莱昂纳多已经走到了门口，又回过身来笑着说，"同样地，我也不会阻止你明天又跑去听你敬爱的乔阿奇诺教士传道，听他喋喋不休地谈论什么地狱、世界末日、地震，还有蝗虫。现在，你允许的话，我要去睡觉了。就算你不允许，我也要去睡觉了。"

烛光下

他用拇指顺着马的大腿往下滑，在这个部位，肌肉变成了一根肌腱，然后从视线中消失了。拇指后面，半米开外，莱昂纳多冷静而专注地研究着眼前的马。这里是肌肉，肌肉意味着运动，你需要了解它，但仅仅这样还不足够。无论如何，雕塑绝对比绘画容易得多。在三维空间里，你只需要复制你所看到的和感觉到的，出来的东西就八九不离十了。为什么古希腊人的绘画看起来那么滑稽可笑，而雕像却雄伟壮观，个中是有原因的。三维空间的事物比较容易制作，对吧？而二维空间的作品则需要掌握很多技巧才能完成，好比说阴影的变化和透视的效果。但从哪个角度来透视呢？是用左眼，还是右眼？所有画家都在研究如何将眼前的景物展现在画作上，但人类有两只眼睛啊。所以，这可能就是我们看不清事物边界的原因，又或者，事物根本就没有边界？

* * *

莱昂纳多振作起精神，黏土这种柔软可塑的状态最多只能再保持半小时，他的动作得迅速些。按一下这里，再捏一下那里。看到了吗？形状在变化，可以边看边感知。

马儿啊，我和你之间的边界在哪里？是这里吗？我的手触碰到你的地方？但那仅仅是我触觉的边界。如果我用力压下去，就又不一样了。马儿，我如何能从一堆新土中辨认出你呢，只能靠触觉去感知吗？

如果我走开一些，我摸不到你，但我能闻到你的味道，一种泥土和水混合的味道，很好闻，带着土壤的清新。如果有人摸你一下，或者轻轻地拍拍你，我能听见声音。除非离你很远，我才什么都听不见。马儿，那里会是我和你之间的边界吗？但我一张开眼，仍能看见你。如果我继续走远，你依旧在我的视线之内，直到最后你消失在地平线上。那么，马儿，地平线才是你我之间的边界吗？

* * *

莱昂纳多环顾四周，瞥了一眼角落的那支蜡烛。从开始点燃到现在，它已经烧掉了好几寸，如此推算他已经工作了有四个小时。再过一会儿就要上床睡一睡了，睡一个半小时，或者两小时？直到晨祷的时间到来。再过五天就得交出作品了，现在还差尾巴，不过还有时间。黏土还够，我可以用我的双手把它捏成尾巴。我，莱昂纳多——赛尔·皮耶罗的儿子，从芬奇镇来到米兰，天知道我会在米兰这儿待多久。或许我们会一起永远在这儿待下去，我美丽的马儿，我会每天都见到你。

如果我见不到你，那是因为我远去了，我会很遗憾。你被制作得如此精美逼真，所以也许我有机会遇见一名旅行者，从他口中得知你。他向我描述你优美的曲线，甚至给我展示你的画像。这与我亲眼看着你是不一样的，大不一样。我能在脑海里勾勒出你真实的模样，甚至比真实的更美。那样，我便能够真正拥有你了。

那样，或许你我之间就真的没有边界了，我的马儿。就像我和伊尔·莫罗之间一样，也是没有边界的，即使他不在我跟前，我也依然得为他效劳。又或者像我和萨莱伊——这个让人既爱又恨的孩子，他不在我身边时我会惦记着他。这样说来，分离是我们之间的边界吗？是的，我爱他，就像爱我永远都不会有的儿子。

四

尸体被发现的时候，太阳还没爬上城堡的高墙。

再过几分钟，漆黑的夜就将升起帷幕，崭新的一天已准备好呈现在人们的面前。可城堡里仍然几乎什么都看不清，甚至在武装广场这么宽阔的庭院中，能见度也很低。

所以当城堡里的一个男仆雷米吉奥·特雷瓦诺蒂被东西绊倒时，他都没能立即反应过来那是什么。按理说地上不应该会有东西，因为公爵大人曾下令，庭院必须保持整洁，不管白天黑夜，地上都不能放置任何物品。这一大包东西的质地也很奇怪，里面像是装着好些被粘在一起的大块鹅卵石。雷米吉奥骂骂咧咧地站起身来，试图把这袋重物移开。

直到他把大袋子抬起来，想方设法把它扛到肩上时，他才意识到里面装的是一个人。

一个又冷又僵硬的人，不知死活。

* * *

"死了吗？"

"死了，大人。"

"被刺死的？"

"应该不是，大人。"

"那怎么死的？"

70

"还不清楚，大人。"

"是不是'那个病'？"

"有可能是，大人。"

"我们认识这个人吗？"

"这人我见过，大人。"

说话的人是贝尔贡齐奥·博塔，卢多维科的税务官，有时还担任他早上面见会的司仪。

"是昨天早上前来请求面见的其中一个人。当时大人没来得及见他，所以他昨天下午又来了城堡一趟，请求面见。"

"你还记得他的名字吗？"

"应该记在了名单上的。我现在马上去取，大人。"

"去吧，贝尔贡齐奥。但是先把安布罗基奥大师叫过来。"

＊ ＊ ＊

仆人们把尸体抬到桌子上，安布罗基奥大师一边围着桌子转圈，一边摇着香炉。香炉里烧着香薰和柠檬叶，熏香是因为当时的人们相信香那温暖而芳香的气味能驱散带有传染病菌的风，而柠檬叶则是因为安布罗基奥大师喜欢它的味道。

放好尸体后，仆人们站在桌子一旁，惴惴不安的目光从尸体移到安布罗基奥这位宫廷医生身上，脚尖朝向门口，一副随时准备逃跑的样子。

"把这个可怜人的衣服脱下来吧，愿上帝怜悯他的灵魂。"

仆人们手忙脚乱、神色紧张地遵命照做，早已被吓得魂不附体。顷刻间，桌子上只剩下一具赤裸苍白的男性尸体。

安布罗基奥开始围着尸体绕圈，动作缓慢，就像一只正在寻找猎物的鹰隼。

他也的确是在寻找猎物，或者，更确切地说，是在寻找线索，哪怕是一丝一毫的线索也不放过，但他在这具尸体上一无所获：没有被刀剑或匕首刺过的痕迹，嘴巴、鼻子和耳朵也没有出血……

"把他翻过来。"

……尸体上一个窟窿也没有。

安布罗基奥继续绕着圈子踱来踱去，陷入了沉思。仆人们站在那儿一动不动，巴不得可以马上获准离开这间屋子。

尸体上并没发现任何砷中毒的症状，在那时，这种夺取人命的方式还挺流行的。

也没有淤青或伤痕，说明应该不是被殴打或者被钝器击中致死。

面部和颈部都没有充血，说明不是中风发作。况且，安布罗基奥大师心想，如果是中风，又怎会有人大费周章把尸体装进袋子里再运到武装广场的中央弃尸呢？一个死于中风的可怜人身上不会隐藏了什么不可告人的秘密吧？

一百多年前，有一种可怕的疾病席卷了半个欧洲大陆：患者身上会出现淤青或红肿，衣物下的皮肤冒出水疱、毒疮。这就是"那个病"，如卢多维科和博塔口里所说的。它是如此地令人害怕，以致宫廷上上下下都无人敢提及它的名字。仆人、厨师和侍卫固然如此，就连身为占星学专家的安布罗基奥大师也害怕，因为他深知世界上没有任何东西能像天空里的星星那样永恒不朽。而下令让他验尸的那位领主同样害怕。但是，这具尸体上并没有疖子或肿块，以及"那个病"的其他明显特征。

"您结束了吗，安布罗基奥大师？"

"我不确定，"安布罗基奥用缓慢而低沉的声音答道，"我非常、非常担心，恐怕这才刚刚开始。"

"安布罗基奥大师，您的意思是？"

安布罗基奥转向仆人，完全忘记了彼此间身份的尊卑有别。他面无表情，但眼神里却流露出惊恐。"不管这个男人是怎么死的，起因应该是一种我们从未见过的疾病。"

* * *

"您确定吗，安布罗基奥大师？"

"我承认我的无知，大人。我从来没在任何人身上发现过这种疾病，典籍当中也没有任何记载。"

"那就不是瘟疫了。"贝亚特丽斯说道，声音里透出一丝希望。

"我可以肯定地说：不是，夫人。"安布罗基奥回答道。站在公爵夫妇身后的一个仆人听到"那个病"竟被确切地说了出来，不禁遮遮掩掩但迅速地在胸前画了个十字。

"但这种病也能致命，"卢多维科说道，十指交错放在面前，"而且能快速致命。博塔先生，您说昨天见到这个男人时他还活着。记得确切的时间吗？"

贝尔贡齐奥·博塔是米兰领主的税官，负责掌管洛迪、科莫和维杰瓦诺几省的税收。他不算是胆小之辈，尽管他出入时总是带着一队护卫，但据说这纯粹是出于个人安全的考虑，令自己免受雷击、瘟疫、毒害或是其他灾难的威胁。在博塔看来，他的大部分同僚对此都太大意了。无论如何，像前面说的，博塔不是一个胆小之辈，他简直是个彻头彻尾的胆小鬼。当卢多维科这样问他时，他便认真地在数是多少个小时前见过那个男人的，当时距离那人五步、最多也就十步的距离。天哪，突然觉得头有点晕，该不会是染上了病的第一个症状吧。

"九小时前，大人。"博塔回答。

"他当时看起来怎样，贝尔贡齐奥先生？"

"嗯……就像您看到的那样，是个金发的年轻男人，约莫三十岁……"

安布罗基奥意识到他答非所问，便试图换一种问法："他有没有发抖？看上去有潮热发烧吗？脸色苍白吗？"

"完全没有，他说话声音响亮，十分健康，或者至少看上去是那样。我不是医生，但他看起来的确身体棒得很。"

卢多维科·伊尔·莫罗看着安布罗基奥，他此刻的脸色和他的诨名（摩尔人）一样黑。

"我从没遇到过这样的疾病，大人。"安布罗基奥说道。

"他有没有可能是中毒？"

"尸体上没有发现任何中毒的痕迹，大人。尸体上没有出现因为砷中毒而导致的皮疹或者出血的症状。任何毒药进入人体内，都会留下痕迹的，大人。"

"任何毒药都会留下痕迹……"伊尔·莫罗大声地重复着安布罗基奥的话，仿佛觉得这一点特别有意思，又或者他自己曾有过什么经历所以十分认同，"我知道了，安布罗基奥大师。现在告诉我：星象上有什么提示吗？"

"我要用我的仪器进行观测，如果大人准我先行告退的话。"

"好的，去吧，安布罗基奥大师。"

安布罗基奥缓慢而庄重地深深鞠了一个躬，然后离开了。大门关上后，卢多维科沉默了好一会儿。站在一旁的博塔用手在他那厚重黑袍的袖子下探了探自己的脉搏，想弄清楚自己是不是已经在发烧了。

"贝尔贡齐奥先生，我需要您的协助。"卢多维科说道。

"大人请吩咐。"

"传莱昂纳多先生过来吧。"

"若您准许的话，我愿意亲自去带他过来。"

"贝尔贡齐奥先生，您进出时后面还是跟着护卫队吗？"

"当然，大人。我有六名身材魁梧、全副武装的精英护卫。我们会保护好莱昂纳多先生的安全。"

卢多维科翻了翻白眼："贝尔贡齐奥先生，如果我派税务官去传唤我最有才能的艺术家兼工程师，后面还跟着一队武装侍卫，老百姓们会怎么想？"

"呃，他……我意思是他跟您之间是不是有什么事情，例如金钱方面……"

"贝尔贡齐奥先生，看来只要您逼着自己动动脑子，还是能想清楚问题的。找一个你的手下便装前去传唤他，让他自己一个人单独过来，不要张扬，也不要跟着他。到了就直接领他去医疗室。"

"遵命，大人。"博塔嘟嘟囔囔地回答，身体真的开始感

75

到不适了。

* * *

"我也想拥有一个朝东的房间。"莱昂纳多边说边从没有挂窗帘的窗户望出去。

屋外，看似静止在空中的太阳其实正在冉冉升起，清晨柔和的光线满载着希望洒向整个房间。房间里的每一样东西都沐浴在阳光中，包括挂在墙上的几十件盔甲，那是血统高贵和家世显赫的象征，它们像贵族般一动不动地待在领主的面前。多么伟大的领主啊，卢多维科·伊尔·莫罗，米兰之主，据说，教皇是他的牧师，皇帝也曾为他服务。他站在城堡里最明亮的房间中央，布置奢华、视野开阔、景色优美。令人败兴的是，此刻房间正中的桌子上，躺了一具光着屁股的尸体。

"真的，我非常喜欢这儿。您知道吗，大人？这儿有完全不一样的视野。早晨的光线是最诚实的。"

我也喜欢朝东的房间，正常情况下卢多维科也许会这样回应，但此刻，城堡里还躺着一具死于传染病的尸体。而我，作为事实上的摄政王和米兰城的领主，居然要住在房间又黑又小、朝着西边的罗切塔楼，直到我那个没用的外甥吉安·加莱亚佐一命呜呼——虽然这些话卢多维科从未说出口。

"把尸体搬到这里来不是为了让您对着作画的，莱昂纳多先生。"卢多维科面无表情地说，"安布罗基奥大师认为传播瘟疫的风是从东面吹向西面的，把尸体放在这里只是为了降低我们这座城市的感染风险。"

现代的读者看到这里请不要笑，安布罗基奥大师也只是在遵循那个年代的医学常识罢了。当时的人们认为传播疾病的不是细菌，而是风；也只有风才能把疾病吹走，所以那时所有医院的门口都是朝着梵蒂冈的方向开的，这样可以让圣灵更容易地进入。因此，莱昂纳多对这一点丝毫不感到奇怪。让他感到奇怪的，是另一件事。

"瘟疫？"

莱昂纳多扬了扬眉毛。他走近尸体，尸体静静地躺在那儿。

"这名男子不是死于瘟疫，"莱昂纳多坚定地说，"作为一具尸体，看起来还挺健康、充满活力的。请原谅我的玩笑话，大人，但他生前的健康状况是非常好的。"

"问题就在这里。他看上去不像个死人，安布罗基奥大师对这名男子的死因也不明所以。他排除了中毒和谋杀，但具体的死因到底是什么，他说不知道。"

"噢，安布罗基奥大师说他不知道。"

如果是在家或者在工作室，他肯定会脱口而出地讽刺一句：安布罗基奥大师不是无所不知的吗？但在伊尔·莫罗面前当然不可以这样做。在公爵的所有顾问当中，这位占星学家的话是丝毫不能被质疑的。莱昂纳多继续说道：

"安布罗基奥大师是半岛上最权威的医生，如果连他都这么说，我一个画画的还能说些什么呢？"

"安布罗基奥大师只是检查了外部，我想让您看看尸体里面。"

"里面？"

"莱昂纳多先生，我听说您对解剖学挺感兴趣。为了使您的艺术作品看起来更加逼真，您还会剖开尸体，切开皮肤，将内部的结构画下来。这是真的吧？"

莱昂纳多屏住了呼吸，但只是一瞬间而已。

在那个年代，人体解剖行为不会被认为是写生画画的需要，而会被看成是某种巫术。当时人们对于身体各个器官位置的认知还很模糊和不全面，因此当遇到与人体有关的无法解释的问题时，就会诉诸占星学，用占星学的符号来代替，这就像用黏土模型来做螺丝刀一样实用。毕竟解剖尸体并不是一件容易的事，虽然法律没有禁止，但也不容易。解剖马、狗和猪是行得通的，解剖一个女性的身体也不算太难：毕竟，在那时人们都认为女人是没有灵魂的，因此，就永生而言，把她们的身体切开来观察其内部器官，并没有什么不适宜或有失体面的地方。相反，解剖男性则是一个非常复杂的问题：如果你不是一名内科医生，要想找到一具完整的男性尸体并对他进行解剖既不容易，还具有很大风险。莱昂纳多确实做过人体解剖，但他并不乐意给别人知道，其中一个原因是宗教法庭很可能会对此产生误解，并随即给他扣上莫须有的罪名。

"大人，我对解剖学的知识是基于我在佛罗伦萨时曾观察过大量的尸体。我当时在研究人与动物之间的相似性，这使我得出结论，人与动物之间既有相似之处，也有不同之处。您知道——"

"听我说，莱昂纳多。我根本不在乎您拿尸体做过些什么，只要您不拿活生生的基督徒来做你实验的原材料就行。我不像我的兄弟那样是位主教，也不像他朋友那样坐在罗马的王位上。然而，我是这座城市的摄政王，比起已死去的人，我更关心活着的人，而且我要保护他们，不能让他们走上死亡之路。所以，我需要您的帮助。"

"我请求大人能再次宽恕我，但我手头的工作实在是太多了，当务之急是为纪念您父亲所制作的铜马像。因此，每分每秒对我来说都是宝贵至极的。"

"莱昂纳多先生，我明白。您工作得很辛苦，酬劳却少得可怜。大家都亏待您了，这也包括我。好吧，莱昂纳多先生，感谢您这么迅速地赶过来，我就不耽误您工作的时间了。这段时间您面临入不敷出的危机，是吗？"

"唉，是啊，大人。我实在开心不起来，手头的钱很紧，而那些有钱人都把钱攥在自己手里，连承诺要付的酬金都拖着不给。"

"我知道，兄弟会还欠您一大笔圣弗朗西斯科教堂那幅《岩间圣母》的画费。"

"对啊，1200里拉。我和德·普雷迪斯都是。"

"这太不公平了，"卢多维科点点头表示同情，"明天您就可以拿到报酬的，我向您保证。"

对莱昂纳多来说，这就是卢多维科最气人的地方。你为他做事，他从来不会明确地向你许诺什么作为回报，反而要让你觉得自己应该感恩。他仿佛在反复强调他的君主地位，而且你很清楚，无论你领会与否，他一直都是高高在上的君主。

"大人真是太仁慈了。我在想……"

"您说。"

"如果您想我这样做，我至少可以看一看这个可怜的家伙，哪怕是先看看外表。虽然安布罗基奥大师既有智慧又医术高明，但他的眼力或许不如以前那般犀利了。"

"那您请吧。"

莱昂纳多几乎没有一丝犹豫，把一只手放在尸体的肩膀上试探它的僵硬度。接着，他用胳膊搂住尸体的腰，几乎是毫不费力地就将它翻了过去，后背朝上。他的动作利落而专业，显然比他自己先前说的要有经验得多。

他目不转睛地盯着尸体研究了好几秒。

"尸体表面没有痕迹。"他说。

"是的，没有。"卢多维科回应，"表面上看，没有痕迹。"

光看字面意思，伊尔·莫罗和莱昂纳多说的话一样。但实际上，他们话里的含义却大不相同，这一点莱昂纳多当然不会不知道。

莱昂纳多的表情有了细微的变化：他依然十分严肃专注，但脸上没有了平日那种轻快明亮、令见到他的人都会愉快起来的神色。他似乎察觉到某些逃过了安布罗基奥大师法眼的东西，但还不能完全确定。

屋子里的两个人沉默了好一会儿。

"我需要一些东西。"莱昂纳多打破了沉默，用一种冷静务实的语气说道。

"我立刻传我的总管过来。"

"有劳了。"莱昂纳多简单明了地回答，省去了不必要的礼节性用词，"还有，请您派人到我的工作室把贾科莫·萨莱伊带过来，他知道我需要的东西。这期间除了他们两人，其他人都不能进来。"

五

"很好，"卢多维科边低声说，边环顾四周，"让他们两个进来吧。"

这个房间完全不像之前莱昂纳多去的那个房间明亮，事实上，是整座城堡里最阴暗最僻静的房间。这是他刻意挑选的，为了能让他的宾客喜欢。

这是一个位于角落的房间，没有窗户，唯一的通风设备是一个排烟管，但排烟效果不尽如人意，室内烧木取暖产生的烟几乎都排不出去，而木头是从秋天到春天都要一直不间断地烧着的。

站在门口的总管点了点头，转身把门打开，大声地通告：

"尊贵的菲利普·德·科米纳公爵和佩隆·德·巴斯克使者请求面见阁下。"

"请进，公爵大人，请进。"卢多维科边说边越过迎宾用语极不正规的总管，并做了个手势让他离开，他要和客人独处。

"我们已恭候多时！亲爱的菲利普大人，近来可好？"

"上帝保佑并承蒙皇帝的恩典，我很好。"科米纳回答道，微微地鞠了鞠躬，"阁下呢？最近如何？"

"很好，非常好。有失远迎，还请二位鉴谅。刚才出了点小状况，我不得不亲自去处理。"

"阁下太客气了，有您亲自接见，已经是万分荣幸了。"佩隆·德·巴斯克回答道。他讲话并不带法国口音，倒有点像从意大利翁布里亚那边来的。实际上他出生在奥尔维耶托，但是因为长期给法国人工作，他在方方面面都把自己当成阿尔卑斯山以北的人了。"您一定忙得不可开交吧，那么多的事情需要您来定夺？"

"那些事情都没有我们接下来准备讨论的事要紧。"卢多维科看着面前的两位大使回答道，"为此，我特地在这里迎接你们，单独与二位会面。我很期待听到佩隆先生关于目前局势一手消息的报告。放心，这里是敝城堡最隐蔽的房间。来，请坐下来谈吧。"

卢多维科指了指摆放在房间正中那张厚重的栗木桌，桌子正下方由一根结实的桌脚柱撑起，下面还连着一个方形的底座。桌子上面雕刻有花的图案，还有一行文字，写着"费拉拉公爵埃尔科莱一世赠"。这是卢多维科的岳父送给他们的结婚礼物，而他对这件礼物爱不释手。埃尔科莱一世当时拍着桌面对他说："这可是一名领主的最佳搭档。当你坐在这张桌子前讲话的时候，所有人都会听从于你。"

科米纳公爵和佩隆两人对看了一眼。他们身为经验丰富的外交使节，都知道到达当天不宜商谈任何敏感情况的细节，因为长时间的奔波会让他们疲倦、饥饿，甚至身体不适。

卢多维科意识到了他们的尴尬，他微笑着张开双手说："不用说了，这个房间两位大人可以随意使用，你们可以在此畅所欲言。关于皇帝的需求，我们接下来的两日再详细商讨。

现在我想了解的是，目前阿尔卑斯山下的情况怎样，局势对我们是否有利。"

两位大使舒了一口气。佩隆正要说些什么，科米纳公爵把一只手按在他的肩上，抢先说道：

"多谢阁下的款待。恕我冒昧，我的两名随从罗比诺和马特内正在随行人员的住处休息，如果我们能和他俩碰面的话……"

"当然可以。您可以前往他们的住处见面，但我觉得还是让他们过来更合乎礼节。我会下令允许他们进出您的房间。"

"阁下太仁慈了。"科米纳说着，坐了下来，"好了，佩隆，请给大人说说现在的情况吧。我也很想知道，我们都还没机会聊上只言片语呢。"

"阁下想了解当前的局势，依我看来，局势对我们非常有利。佛罗伦萨还是像我在6月跟您说过的那样，那里的七十人议会仍保持模棱两可的立场，但这无关紧要，重要的是民众的意愿，而民众全是站在我们神圣国王这边的。"

"那皮耶罗怎么说？"

"恕我直言，但皮耶罗根本不值一提。目前佛罗伦萨最重要的人是吉罗拉莫·萨沃纳罗拉教士。萨沃纳罗拉声称我们的查理八世国王是上帝派来的使者，任何与魔鬼有过肮脏交易的人都将会受到使者的惩罚。"

卢多维科点了点头，神色凝重。

一国之君往往都是些叱咤风云、有见地有胆量的杰出人物，他们高瞻远瞩，知道如何运用天赋并付诸行动。遗憾的是，他们生下来的孩子却常常是白痴，像受了诅咒般蠢钝无能。放到今天，这通常只是家里的私事。然而在文艺复兴时期，权位实行世袭制，当权力由父亲传给儿子时，这就成了大众的灾难。因此，当年洛伦佐·德·美第奇（当时还没有给他冠上"伟人"的名号）死后，儿子皮耶罗才刚继位，民间就称他为"倒霉蛋"。他身高体胖，却十分愚蠢，和父亲形成强烈的反差。

"目前的情况和6月相比没什么变化，"佩隆继续踌躇满志地说道，仿佛他马上就要把意大利半岛上的王国一个接一个地收入囊中，"如果说有什么变化，那就像我刚才所说的，局势变得对我们更加有利了。如果我们想纵贯意大利攻入阿拉贡王国，现在正当其时。由于那不勒斯的阿拉贡家族拒缴什一税，已过世的教皇当年就对他们十分不满，而现在新上任的波吉亚家族的教皇，根本无暇关注我们的行动，他的注意力都集中在一个叫瓦诺莎的女人身上……"

"很好，"伊尔·莫罗快速打断了他，"公爵大人、使者先生，这在我听起来真像是美妙的音乐，就如贵国的作曲家若斯坎·德普雷的音乐那样甜美动听。两位如果愿意的话，很快也能在这里欣赏到他的新作品。感谢两位刚刚到达就不辞劳苦地和我会晤，我就不打扰你们休息了，我们今天晚上见。我们准备了丰盛的晚宴，还有精彩的宫廷杂技表演助兴。两位在这儿不必拘束，我先告辞了。"

说完，卢多维科起身，朝门口走去。

科米纳公爵沉思了好几秒，转过身去对他这半个同乡说道：

"佩隆。"

"公爵大人，您说。"

"您是怎么想的？"

"我们今晚可以好好享受享受了，公爵大人。我可不想听若斯坎·德普雷那像念经一样的曲子。我宁愿看杂技表演，至少不会让人打瞌睡。"

"嗯，我同意，佩隆。但我想说的不是这个。"

"您是说？"

"你不觉得卢多维科看起来很焦虑吗？"

* * *

"我当然焦虑，加莱亚佐。换作是你，也会如此。一个死人莫名其妙地出现在我的庭院里，这够让人糟心的了。"

"安布罗基奥大师怎么说？"

"他说不是瘟疫，但我也想听听莱昂纳多先生的意见。我不担心我已经知道的东西，是那些我无法知道的东西令我觉得害怕。当我发现这两件事情是在极短时间内接连发生的，我就忍不住去想，是不是前一件事导致了后一件事的发生。"

"接连发生？之前还发生了什么事？"

"我才知道，那个毫不体面地死在我庭院里的绅士，原来是昨天刚来过请求跟我面见的。"

"你确定吗？"

"我让博塔去查过记录了。"卢多维科摊开一张发黄的纸，上面写满了极细的、密密麻麻的字。加莱亚佐看了心想，一看就知道是像博塔那样的吝啬鬼写的。纸张的确很昂贵，但写成这样也太过分了吧。卢多维科说："就是这个兰巴尔多·奇第，画师兼印刷师。他曾来请求与我面见，但第二天就死了。"

"这就是令你担心的原因吗？我问你，卢多维科，每周有多少人前来请求和你面见？"

"噢，很多，起码几十个吧。"

"那每周米兰有多少人死去呢？"

"你说的没错，加莱亚佐。但即使是这样……啊，他来了。来，安布罗基奥大师，进来吧。"

安布罗基奥神色肃穆地走进房间，脸上看着比平时更晦气了，样子像极了一只来报噩耗的鸟。

"阁下请吩咐。"

"告诉我，安布罗基奥大师，星象怎么说？"

"阁下，是一种疾病。根据火星的位置断定，毫无疑问是一种疾病。我们的城市将遭遇一场劫难，但绝对不是战争或暴力引起的，而是来自城市的内部。"

"疾病？是什么病？"

"这个……星象并未明确告知，阁下。"

"唔，依我之见，这些星辰高高在上，它们肯定知道很多啊。"加莱亚佐面露疑色地说道。

"将军，安布罗基奥大师正在竭尽其所能。"卢多维科语气和缓地说。

"换句话说，他正在胡说八道，"加莱亚佐反驳说，"如果我是您……"

"加莱亚佐，我才是我。"卢多维科平静而冷淡地说，"恐怕是你没有控制住自己在胡说八道。"

接下来是一段令人尴尬的沉默，卢多维科将双手放在座椅的扶手上，而加莱亚佐则盯着墙上的某个点，避免眼神与岳父还有安布罗基奥接触。

"安布罗基奥大师，谢谢您宝贵的占星预言，您现在可以离开了。加莱亚佐，请赶紧去弄清死者的情况。两位大概不需要我提醒了吧，没有我在场的情况下，不许跟任何人说起这件事，你们之间也不例外。"

* * *

"明白明白，我们不会跟任何人说起这件事。"

"很好。现在不说了，是时候行动了。你们打算怎样做？"

科米纳公爵的两个手下说话前相互对视了一眼。

"我们得先认出那个我们要对付的男人。"两人中个头矮的说道。他叫罗比诺，身材又矮又胖，头上戴着一顶羊毛帽子，用来遮住自己长着疤痕的脑袋。虽然他年纪不大，但嘴巴里只剩下七八颗牙，看不出他究竟有多少岁，总之是在25到50岁之间吧。"不过我想不会有什么问题。按您的描述，如果我没理解错的话，他是一个中等身材、容易心不在焉的男人。"

"要是有问题的话，我就把他给'开'了！"接着说话的是另外一个人。他身材高大，黑发蓝眼，皮肤白皙。只要你预先告诉他要干什么，他都会坚定地表示他知道该怎么干。他叫约弗雷·马特内，但他并非真的那么精明能干。他和身边的同伴看起来截然不同——身材修长匀称、长相英俊，但其实脑子同样不太好使。

"'开'了？"科米纳严肃地看着面前的年轻人，"万万不可啊，我的朋友。如果出现了任何问题，你们就立刻中止行动离开。记住，不能动莱昂纳多先生的一根毫毛。你们必须尽可能小心谨慎地完成任务。"

"放心吧，科米纳大人，"罗比诺回答，"我可以神不知鬼不觉地偷摘下公爵夫人的帽子，她甚至都没有发现。而这次只是个小小的笔记本，完全没有问题。您知道，最重要的就是能让他分心，找个东西吸引他的注意力。我们在今天的晚宴上就可以动手。大人，请告诉我，他贪吃吗？"

"不，一点儿也不。他不吃肉，是一个非常自律的人。"

"明白了。那他喝酒吗？贪不贪杯？"

"应该不喝。记住，像今晚这种正式的宴会都是由仆人来倒酒的，你们没机会把他灌醉。"

"那太糟糕了。"罗比诺似乎思考了一会儿，"那晚宴上有节目表演吗？杂耍、哑剧，或者小丑表演之类的。他会全神贯注地看表演吗？"

"有可能，但估计也比较难。据我所知，这类娱乐表演经常是委托他来安排的。事实上，他通常会周旋于贵宾之间，说说笑话逗大家开心。他是一个非常和蔼可亲的人。说真的，我觉得他是米兰城里最和蔼可亲的人。"

"美酒和美女，他总会有一样喜欢吧，"罗比诺说，"您能在城堡外找一个他不认识的妓女带去晚宴吗？"

科米纳公爵摇了摇头："我办不到，而且也根本没用。像这种招待大使的宴会，卢多维科只允许宫廷里的女性出席。而且莱昂纳多先生也不好这口，他对女人不感兴趣。可能对男人也不感兴趣，他们是这样说的。"

"好吧。这样的话，那您就得想办法和他聊天了，公爵大人。他过来的时候，您就尽可能海阔天空地跟他聊，哪怕他在胡说八道您都得表现得很感兴趣。"

"莱昂纳多先生不太可能胡说八道。"佩隆在一旁插话，眼睛望着天花板。

"那就更好了，总之请公爵您尽量拖住他。"罗比诺微笑着说，这使他难看的脸更不堪入目了。没错，当人的32颗牙齿掉了20多颗时就会变成这样。"不管是谁，人们只要是在讲自己的事情，经常都会说得忘乎所以的，你就是拔掉他的大牙他可能都察觉不到。如果这人是个男的，那就更容易对付了，即使他的名字叫莱昂纳多·达芬奇。"

＊＊＊

"莱昂纳多·达芬奇？"

"他还在里面，将军大人。"门口的守卫边说边退到一旁。

加莱亚佐没说话，径直走了进去，只见莱昂纳多神色凝重地站在桌子旁边。

"尊敬的莱昂纳多先生，您验完尸了吗？"

"应领主大人的要求，刚刚才完成。"莱昂纳多回答道。他还是一脸严肃，很少看见他这么忧虑的样子。

加莱亚佐左右环顾。桌子上的尸体已被肢解，胸腔打开，内脏零乱地放在四周，就像从抽屉里匆匆忙忙取出来随处一放的衣服。这样的场面谁看着都会反胃，可怜的萨莱伊站在旁边脸色发青，样子难受极了。

"小萨莱伊，人体的内脏可没外表那么好看，对吧？"

"没错，加莱亚佐先生。"男孩回答道，从他身边经过时，快速地鞠了个躬。

"请你可别吐到我身上，我这身衣服是新的。"加莱亚佐看着男孩在收拾工具，样子就像个死人。这个小无赖，他心想。两三年前萨莱伊曾偷过他的钱包，虽然里面只有半个里拉，但加莱亚佐是一个凡事都记在心里的人，无论好事还是坏事。眼前的这个小无赖看起来招人喜欢，但骨子里一定还是死性不改。"那么，莱昂纳多先生，您有什么发现？是什么病要了这个可怜人的命？"

"我该怎么说好呢，将军大人？"莱昂纳多边回答边用一块抹布擦了擦手。他们是怎样进行解剖的不得而知，但旁边的萨莱伊从头到脚都沾满了血污和其他脏东西，而莱昂纳多却仍像刚进这个房间时那样整洁干净。"您是问，什么病？这是一种防不胜防的病，将军。"

"是'那个病'吗？"

"比'那个病'更糟糕，将军大人。是人性的邪恶。"莱昂纳多把手上的抹布扔到桌子上，刚好落在尸体的旁边，"这个可怜人，他是被谋杀的。"

"谋杀？"加莱亚佐吃了一惊。

"是的，谋杀。更精确地说，是窒息而死，肺部缺氧致死。"

"恕我直言，莱昂纳多先生，但这不大可能啊。我见过很多被勒死的人，他们死的时候可没有这么安详的面容。"当然，加莱亚佐并没有提及他自己曾经勒死过不少人，因为那与眼下的事情并不相关。"他们的舌头、眼睛、面容……"

"很抱歉，我可能没说清楚。我并没有说他是被勒死或掐死的，但他是窒息死亡。"

"我明白，莱昂纳多先生。但就算是有人把什么东西塞进那个可怜人的口里，他的眼球也会突起啊。而且……"

"不不不，不是那样的。他的牙齿间没有发现任何纤维物，嘴巴也没有被强行张开的痕迹。瘀伤也没有。将军大人，完全不是这回事。"

"完全不是这回事？那您快说说到底是怎么回事吧，看在上帝的分上！"

"这个一时半会还说不清楚，我想我们还是一起去见公爵大人再说吧。"

来自贾科莫·特洛狄的书桌

致费拉拉公爵埃尔科莱·德斯特，普通邮件

尊贵的公爵大人阁下：

　　昨夜为了迎接来自法国的使者——科米纳公爵和一位叫佩隆·德·巴斯克的先生，特地举办了一场排场十足的盛大晚宴。我们一起享用了无数令人赏心悦目的美酒佳肴。还有许多农户来城堡围观这一盛事，为其欢呼。

　　贾科莫·特洛狄放下笔，把手掌放在大腿上来回摩挲。此刻已经是10月下旬，天气让人觉得冷飕飕的，因此脱掉手套来写字简直就是一种折磨。

　　这位费拉拉公爵的大使喜欢早起，趁着清晨头脑清醒、心平气和的时候给他的主人写信，描述前一天发生的事。这是一封平常的、不那么正式的信，会在午前祷的时间，也就是早上九点左右通过邮递马车发出。因此信封上标注的是"普通邮件"，而不是"急件"。

　　宴席间，有些年轻人出来表演球类杂耍节目。有一个叫做卡特罗佐的侏儒逗得大家捧腹大笑。也不知道是故意还是无意，他拉着一位法国大使的袖子想爬上桌子，结果袖子突然被松开，他从桌子上掉了下来，重重地摔倒在地上，惹得宾客们哈哈大笑。

科米纳公爵坐在莱昂纳多先生旁边，两人在不停地聊天，大多是关于钱财的话题。科米纳公爵想知道莱昂纳多的薪酬有多少、多久发一次薪酬，但我觉得他只是想借机打探卢多维科大人的财政状况，想了解他是否有足够的财力发动战争。

这位费拉拉的使者再次放下手里的鹅毛笔，从书桌旁站起来，走到窗前把帘子拉开。

外面，粉红色的朝霞正把黑夜驱散，天空被染成蓝色，上面点缀着几朵漫不经心的云。

贾科莫·特洛狄从来搞不清楚为什么有的人光是看天色就能预测天气，说"明天要下雨""再过两三天就转晴"，或者"闻起来有雪的味道"一类的话。对特洛狄而言，云朵、天空和风都是沉默不语但变幻莫测的，会带来令人捉摸不定、似是而非或者难以预防的后果。

特洛狄擅长的是看人。

他擅长通过一个人的言行举止来看穿他的心思。听一个人说了些什么、是怎么说的，然后两相比较，从而判断说话者是否自相矛盾、文不对题。

特洛狄敢打赌，那两名法国人是来借钱的。那些滔滔不绝的恭维和口不对心的赞美之词，都要给伊尔·莫罗的衣服留下一层油腻腻的污垢了。此外，卢多维科通过权力无法得到的东西，他就会用金钱来收买，这已经是公开的秘密了。至于其他的什么外交来访、精心准备，还有随从的发言，都是在做戏罢了，这两人就是来上门讨钱的，毫无疑问。但现在就跟埃尔科莱直说，或者提醒他关于他女婿和爱女金钱上的问题，还为时过早，只会把他弄得心神不定。还是等明天吧，如果能证明自己的想法是对的，再跟他具体说也不迟。

　　晚宴上还有一个插曲，莱昂纳多先生发火了。这可能是因为他被科米纳公爵的问题弄得不胜其烦，也可能是因为科米纳的手下把一桶酒洒到了他心爱的衣服上，那名手下试图帮他清理，结果越弄越糟。我清清楚楚地听见莱昂纳多先生平时这么彬彬有礼的人骂了许多失礼的话，听起来像托斯卡纳方言，出于我的修养和对您的敬意，我无法复述这些言语。
　　我还觉得卢多维科大人对莱昂纳多先生有些冷淡。到底是什么原因我不清楚，但我斗胆猜测，应该和那尊还在制作的、早已名声在外的骑马铜像有关，两人的关系可能是因此闹得不愉快吧。

　　特洛狄又看了看天空，云朵似乎在移动，又似乎没动。过一会儿可能会下雨，又可能不会下。反正这些他都无法控制。但与人有关的事情，他就可以出手干预了。他可以聆听、收集信息，然后加以理解；可以先等待，再行事。或者，更理想的是，让别人来行事。他需要做的就是：这边说句话，那边点个头，恰当的时候保持沉默。贾科莫·特洛狄认为自己可以充当一种社交润滑油。他可不是身处于一堆铁罐中间的一个瓦罐，随时可能被挤得粉身碎骨。他是机器的两个部件之间、像莱昂纳多先生设计的那些精妙器械里杠杆之间的润滑油。因为他是如此的润滑，不仅不会被碾得粉碎，反而可以令机器里两个坚硬、强有力的不同部件协调运作，发挥不同的作用。

还有钱，钱对贾科莫·特洛狄而言也是一种润滑油，是一种非常便利的平等交易手段。我的东西值十块钱，你的只值六块，你只要再给我四块，交易达成。这就是运作的原理，这也是一直以来特洛狄对金钱的理解。钱没了，机器也运转不了了。这可能也是卢多维科和莱昂纳多之间关系冷淡下来的原因。

但也有可能是别的原因造成这种令人遗憾的局面。早前在城堡里发现了一具尸体，死者叫兰巴尔多·奇第，是个画家，据说是死于神的诅咒。这可能会令卢多维科感到极度忧虑。您也知道，他为人迷信，无论什么事情都能当成不祥之兆。总之，当天城堡里的气氛不是很好，尽管晚宴上都是美酒佳肴，但总觉得缺少了些欢乐，最后也早早结束了。

晚宴后，我看见卢多维科和您的爱女贝亚特丽斯恩恩爱爱地离开了。贝亚特丽斯看上去和卢多维科相处得不错，她是开开心心地跟着丈夫回罗切塔楼去的。您还记得切奇利娅·加莱拉尼吗？她现在是贝尔加米尼伯爵夫人。她当晚并没有出席晚宴，我最近也没见到过她。城堡那么大，守卫又森严，我不可能老有机会盯着它的主人以及出现在他周围的人。

明眼人大概已经知道是怎么一回事。亲爱的埃尔科莱大人，我现在还没查清卢多维科是否有对您的女儿不忠，但如果他真的这么做也不奇怪。毕竟他根本不会顾及我，顾及您的女儿，又或者是您——费拉拉公爵大人。

愿您的慈爱永存。

米兰，1493年10月20日

您的仆人贾科莫·特洛狄

六

"莱昂纳多先生，很高兴见到您。"

"伯爵夫人，这是我的荣幸，感谢您这么快就安排跟我见面。"

切奇利娅和莱昂纳多并肩走在露天的拱廊里，她发现莱昂纳多眉头深锁。卡尔玛尼奥拉宫的内院此刻显得宁静祥和，跟吉奥维亚门前的广场截然不同。

"您太客气了，"切奇利娅边说边拉着莱昂纳多冰凉僵硬的手，而她的手是温暖而柔软的，"您匆匆来访，不会是有什么令人担心的事情吧？我原本是期待您明天来参加音乐会的。"

"我们还是找一个隐蔽些的地方再说吧，伯爵夫人。"

"是和城堡里发生的事有关吗？"特尔希拉问道。她是切奇利娅的其中一名侍女，是最平易近人的一个，但也是最任性的。

"特尔希拉，不要打扰莱昂纳多先生。"

"是和武装广场发现的男尸有关吧？他真的是触怒天威而死的吗？"

"特尔希拉，这些事情你都是从哪里听回来的？"

"人人都知道啊，"特尔希拉耸了耸肩说，"今天在布洛

雷托这里，人人都在讨论这件事，就连乔阿奇诺教士在布道时
都提到了。他们还看到安布罗基奥大师匆匆忙忙地穿过城堡，
边穿衣服边赶路。"

"您看吧，莱昂纳多先生，我之前怎么说来着？"切奇利
娅说着咯咯轻笑起来，"城堡里根本没办法留住秘密，那么多
人在那进进出出、游离浪荡的。我住在里面的时候，还有一只
猿猴穿着侍卫的盔甲在武装广场周围转悠呢。"

"现在也还有呢，"莱昂纳多说道，"公爵大人说这畜生
比他一半的仆人还尽职尽责，我感觉他说得挺对。"

"好，来吧。特尔希拉，我和莱昂纳多先生要在蓝厅谈事
情。无论发生什么都不要来打扰我们。"

"遵命，伯爵夫人。"

＊　＊　＊

"现在告诉我吧，莱昂纳多先生，"切奇利娅又笑了一
下，"城堡里真的有人因为被神灵诅咒而丧命了吗？"

"无稽之谈。"莱昂纳多一下子坐到那张木头椅子上。
蓝厅里摆着很多张柔软的皮革扶手椅，但不知道出于什么原
因，他唯独喜欢那张看上去很不舒服的木椅。"每当人们遇
到无法解释的事情时，就将其归因于惹怒神灵，这是个很便
捷的做法。几千年前，人们还不是以同样的方式来看待月食
吗？后来我们才知道星体运动是可以预测的。但接下来，人
们又发现，除了知道星体是不断在运动的之外，对其他的事
情仍然无法解释、无法预知，所以就不得不说服自己，人的
命运是可以通过星体运动来预测的。这就有点像那则笑话：
一个男人在巷子丢了东西，他就去那个靠墙而挂的火把下面

的水坑里找。'您在找什么啊，先生？''我在找我弄丢的一枚金币。''那您是在这个水坑里弄丢的吗？''不，我把它掉在巷子中间的那个水坑里了。''那您为什么上这儿来找啊？''因为这儿有光，我才看得见啊。'男人指着火把说。"

切奇利娅夸张地笑了起来，用手捂住自己的嘴。然后她看着莱昂纳多说："那您有证据反驳公爵那位占星学家的判断吗？"

"那头蠢驴。"莱昂纳多回答道，"我也不想把话说得这么难听，但他就只会夸夸其谈。"

"快给我说说那个死者吧。先说他到底是怎么死的？"

＊　＊　＊

"是被谋杀的，大人。"

"谋杀？"

"准确来说，是窒息致死。"

卢多维科瞥了加莱亚佐一眼，后者一脸茫然。

"他不像是被勒死的样子。"

"确实没有，因为他是被机械压迫窒息而死的。"

"莱昂纳多先生，请您详细解释一下。"

"大人，您知道，我们人是以一种机械运动的方式让空气进入胸腔来呼吸的，换句话说，是通过扩张胸腔和增加空气的容量来呼吸。"莱昂纳多把手放在胸口上，深吸了一口气，用手掌比画强调肋骨的运动，"水和空气的运动方式在本质上很相似，它们都会流动到周围的容器中并将空间填满。但是空气和水有一点不同之处，那就是空气可以被压缩、挤压而缩小所占的空间，水却不会。你可以往猪膀胱里吹几口气，用绳子把它绑起来，然后用双手进行按压。它会越缩越小，直到压力大到再也压不下去。而一个装满水的猪膀胱是不可能这样被挤压的。正是由于空气是可以挤压的，所以一个充满空气的身体也可以这样被压缩。但如果有孔隙让空气可以逃逸，它就会被释放出去，并且再也不会自动回流。"

卢多维科思考了一阵，又转头看着莱昂纳多。"莱昂纳多先生，我觉得您还是没有解释清楚。"

"我认为那个可怜的家伙是被人用某种紧身的东西勒住了胸部，胸腔受到了挤压，把他身体里所有的空气都排了出去，并且无法再打开胸腔吸气。"

"您是怎么得出这个结论的？"

"我在解剖尸体时发现，死者的肋骨和胸腔有损伤。并不是骨头断裂，而是连接肋骨和背部脊柱以及胸前保护心脏的骨头之间的软关节受损，就好像有什么东西从四面八方压到他身上一样。"

卢多维科双手合十放在嘴巴前来回摩挲，过了一会儿又抬起头："人真的会因此而丧命吗？"

"是的，大人，就像溺水或者其他意外导致无法呼吸而丧命一样。"

"安布罗基奥大师，您觉得呢？"

安布罗基奥微微抬起下巴，用手指着天花板的拱顶说："莱昂纳多先生，星象显示死因是疾病，而火星的方位说明这是毋庸置疑的。"

"安布罗基奥大师，我真的很羡慕您可以通过观测星象获取这么多的信息。"莱昂纳多说着，摊开双手，"而我，只看星星的话，几乎连哪儿是北都找不着。"

"您观察的是身体，一个凡人的肉身。"安布罗基奥严肃地说道，"我观察的是星象，是至高无上的永生圣神在显灵，希望您不要妄图将凡间和天上看见的事物作比较。"

"恕我直言，安布罗基奥大师，您昨天不也检查了尸体上是否有疾病或暴力致死的痕迹吗？"

"既然我们发现了尸体，验尸自然是弄清楚事情的第一步。但是要想得到确切的答案，要把过去和未来连接起来，我们必须考虑星象。星象是从来不撒谎的。"

如果现在他们两人是在单独吃饭的话，那莱昂纳多很可能要跟安布罗基奥探讨一番意大利语"考虑"这个动词的词源。事实上，根据莱昂纳多对拉丁语少得可怜的认识，这个词可能源自拉丁语"cum sideribus"，意思是"伴随星星"。但鉴于现在不是在酒馆，站在面前的是米兰的领主，而且那头身穿深红色长袍的蠢驴认为他可以无视科学，莱昂纳多只得忍了下来。作为赛尔·皮耶罗的儿子，莱昂纳多向来认为，知识是高于生命的。

"好的，我明白了。"莱昂纳多转向卢多维科，脸上一副刚听说月亮是由奶酪做成的表情，"大人，之前有一位多明我会的教士曾和大人您说过，您的兄长是在星运下诞生的，还预言他将征服伯罗奔尼撒半岛、亚洲、非洲和整个地中海地区。他叫什么名字来着，是叫安尼奥·达·维特尔博吗？"

众所周知，莱昂纳多是一位天才。因此，他只花了木星绕太阳公转所需的十亿分之一的时间，就意识到自己犯了一个世纪性的错误。

卢多维科的兄长加莱亚佐·马里亚，曾听信一名懂占星的修道士的预言，说他将征服全世界。莱昂纳多此刻在卢多维科面前把这事情拿出来说，可不是一个明智之举，因为在那之后不到三年，加莱亚佐·马里亚就在米兰城里被刺杀，哪儿都没去成就丧了命。

"如果您是由衷尊重并真心要纪念我的家人，那您应该赶紧完成我若干年前委派给您的工作，而不是在这里质疑安布罗基奥大师说的话。"

* * *

"那他是不相信您说的话了？"切奇利娅优雅地摇了摇头说，"我可怜的莱昂纳多先生，您的确是在错误的时间说了错误的话。您什么时候才能明白，在卢多维科面前有些事情是不能讲的。"

"看来我永远都弄不明白，伯爵夫人，也正因此我才来向您求助的。"

* * *

"他为什么就不能把军队的指挥权交给我父亲呢？我父亲埃尔科莱是阿尔卑斯山以南最英勇善战的人，我听说他在阿尔卑斯山以北也备受赞誉。而查理八世皇帝的亲信当中，也只有奥尔良公爵是个值得尊敬的勇士。"

"夫人，我建议您在谈论与外交政策有关的问题时，要克制些。"

贝亚特丽斯突然停了下来，看起来有些烦躁。当然，特洛狄作为父亲派驻米兰的大使，行事谨慎、经验丰富，但贝亚特丽斯并不懂得欣赏他的这些优点。在她眼中他只是一个令人讨厌的老男人，个子矮小，还秃头。他总是说冷，表面上对人唯唯诺诺，实际上却我行我素。

"反正我是在自己的宫殿里。"

我的姑娘，这可不是你的宫殿，特洛狄心想。你要真是城堡的女主人，那早应该住到东翼宽大的房子里去了，而不是住在罗切塔楼这狭小的房间里，虽然里面摆满了奢侈品，却不见天日，还冷得要死。

"夫人，这正是令我担心的地方啊。我们可是在斯福尔扎城堡里，这里耳目甚多。"

"无论如何，您刚不是说您很快就要和我丈夫面谈吗？您干脆叫他直接任命我父亲当军队总司令吧。"

贾科莫·特洛狄看着贝亚特丽斯，像是知道他可以求助于一个智力超群的人。

"夫人，您很清楚，像这种事情，最重要的就是保持各方权力的平衡，这样做才可能达到公爵大人，也就是您丈夫，心中期盼的结果啊。"

特洛狄停顿了大概十分之一秒。当然，这是我们现代人才能计量出的时间，那时候的人做梦也想不到，这么短的时间也能计量出来。

如果贝亚特丽斯真的有那么聪明，能听懂特洛狄的解释，那就不需要解释这么多了。

对于卢多维科来说，他的目的并非入侵那不勒斯，而是要让奥尔良公爵一直在外征战，时间越长越好。为了发动战争、入侵那不勒斯并取得胜利，查理八世皇帝必须得依靠奥尔良公爵来实施这些行动，他连屁股都不会自己擦，更不要说率军打胜仗了。

当奥尔良公爵忙着带领军队纵贯意大利，入侵那不勒斯，就肯定无暇顾及向卢多维科发难，争夺米兰领主的称号了。

只要这场战争持续得足够久，卢多维科就有机会获得马克西米利安一世的任命，成为米兰公爵，并取得民众的拥戴。

现在回头来说说贝亚特丽斯的父亲，埃尔科莱一世·德斯特。像我们前面提到过的，他可不只是一名小领主，而是一位军事经验丰富、逢战必胜的将才。他还曾在那不勒斯学习进修过军事战略战术。如果让埃尔科莱这么英勇善战、足智多谋，而且熟悉敌情的人与奥尔良公爵合作的话，肯定会加速战事的进程、缩短战争的时间。这对卢多维科来说，不是搬起石头砸自己的脚吗？

看见贝亚特丽斯正装出一副在思考的样子，特洛狄只好继续说道：

"一条汹涌奔腾的河流是无法停歇的，只能合理引流。当公爵大人打开了阿尔卑斯山的堤防，这条法兰西的河流就会淹没那不勒斯。因此，如果想要把河流引往我们想它去的地方，我们需要的是堤坝，而不是牧羊人啊。"

"贾科莫先生说话可真有诗意啊，都快赶上莱昂纳多先生了。"

特洛狄停下来不说了，静静地站在那儿。他知道什么时候该闭口，从而不暴露自己，这也是他能成为一名出色外交使者的优秀品质之一。

"我不太喜欢莱昂纳多先生。他总是面带微笑，显得轻松平静，就像……"

"像谁，夫人？"

"像那种无论事情结果好与坏都能坦然处之的人。使者大人，您觉得他信得过吗？"

"夫人，我可不像您那样对城堡里的事情了如指掌。我只是逢周四才见到莱昂纳多先生，当……"

贝亚特丽斯怒气冲冲地转过身去。"当你去那个米兰妓女家，边听音乐边聊些莫名其妙的话题时，对吗？我倒是想知道她明天又会穿成什么古里古怪的样子，可能会穿三条裙子吧？一条叠一条地穿。她瘦得皮包骨，看上去简直像个干尸。"

"我向您保证，最近这几次我见到加莱拉尼女士，她都没有穿新衣服，也没有戴新的首饰……"

"您以为她会蠢到特意穿戴这些在您面前显摆吗，贾科莫先生？她是个荡妇，但不是个傻子。使者大人，请给我盯紧些。这是命令，不是请求。"

* * *

"大人有何吩咐？"

卢多维科看着加莱亚佐，心里清楚他的头脑也非常聪明，他的意见也可以参考一下，当然，还是要以占星大师的意见为主。

"将军，您怎么看？"

加莱亚佐点了点头，似乎很感激卢多维科问到他的想法。"大人，如果真如安布罗基奥大师所说，这个可怜的人是死于疾病，那么住在死者奇第房子附近的人都同样暴露在有病毒的风中。因此，我们要采取相应的疾病预防措施。我建议派人去这名画家的住所，关闭所有的门窗并封死，然后疏散周围房子里的民众。"

但是，如果这个巫师是在胡说八道，兰巴尔多·奇第是如莱昂纳多先生所说的死于谋杀，那么我们也应该去他的房子搜个仔细，弄清楚他为人如何，最近和谁有过来往，到底是什么原因导致他被杀后还遭抛尸在城堡的庭院中央。

"安布罗基奥大师，您觉得这样处理合适吗？"

"大人，我十分赞同山赛维利诺将军的意见。"

"那好。加莱亚佐，先让司法大臣到兰巴尔多·奇第的住所，把现场封锁起来。但是周围的居民暂时不用疏散，现在还没必要惊扰他们。"

"我想与司法大臣一同前往，请大人允许。"

或者按现在的话来说就是：这个白痴说可怜的奇第是死于疾病，你知道我有多害怕这种病吗？是零的平方根！（零的平方根即零，意为一点也不怕）

"当然可以，加莱亚佐。去吧，愿上帝保佑您。总管，现在还有什么事吗？"

"费拉拉公爵大使贾科莫·特洛狄求见。"

"好的。各位，你们可以离开了。让特洛狄大使进来吧。"

* * *

"您一定能理解，作为一名使者，这是我的职责。不光是基于自己的利益角度考虑，更是奉命行事，我不得不替我的主人问您这些令人不快的问题。"

贾科莫·特洛狄站在卢多维科面前，后者则端坐在他的高背椅上。但此刻，卢多维科反而是那个觉得不太自在的人，因为特洛狄提的问题往往是令人无法回避的。

"贾科莫先生，我能问一下，您是怎么知道这件事的？"

这就是作为优秀政治家所遵循的第一条法则：总是用问问题回答问题。

"传言已经在整个米兰城里满天飞了。今天早上，乔阿奇诺教士在午前布道时也说到了这个事情。"

"乔阿奇诺教士？"

这该死的教士，卢多维科心想，试图掩盖脸上的不快。当然，特洛狄已经察觉到了。

"那乔阿奇诺教士具体都说了些什么？"

他说的东西足以把他自己送进教皇监狱吧？这样才能好好教训教训他，让他学会先为米兰领主的事情操心，而不是妄说天意。

"他说上帝的惩罚已降临米兰，这人和佛罗伦萨的洛伦佐·德·美第奇一样，是因为触犯了天威而死。还说恶魔的秽物——金钱，已经逐渐占领了这座城市。上帝将把商人逐出圣殿，先从驱逐这些商人的领头人开始。"

"按乔阿奇诺教士的说法，指的就是我啰？"

"我可不敢妄加揣测。所以，这令人不快的传言是真的吗？"

特洛狄问道。他也不愧是一名优秀的政治家。

"恐怕是真的。昨天在唱赞歌的时间，一个可怜人被发现死在武装广场，他是个画家。安布罗基奥大师说他是死于自然疾病，但他也不知道是一种什么病；而莱昂纳多先生宣称他是被谋杀的。您应该能领悟得到，比起所谓的'触犯天威'，这两种可能性都更令我担心。"

卢多维科心想，还是先不要提及那人死前一天曾请求面见自己为妙，在自己的庭院里发现一具死尸就已经够让人心烦意乱的了。

"我非常理解，大人。"

"贾科莫先生，您是一个睿智而细心的人，所以我想问问您的意见。"

"大人请说。"

"昨天晚宴上，我看到莱昂纳多先生一直在和两位法国使者聊天，我注意到有一段时间他突然生气了。莱昂纳多先生可是很少这样的，您知道他们当时都说了些什么，或者发生什么事了吗？"

"没什么，大人。是科米纳公爵的一名手下不小心把许多酒倒在了莱昂纳多先生的衣服上。但令人觉得有些奇怪，他看上去似乎是故意的，而不是真的笨手笨脚。他们那时一直在谈钱的事情。"

"钱？"

"那两位法国客人显然对薪酬的事情很感兴趣，包括莱昂纳多先生拿多少薪酬，您又是如何付薪给他的。"

"哈，原来如此。"

"大人，恕我直言……"

卢多维科摊开双手，开始显得有些不耐烦："您说吧，大使先生。您知道我是很尊重您的判断的。"

贾科莫·特洛狄眯了眯眼睛，微微鞠了鞠躬，然后清了清嗓子，说道：

"严冬将至，这恐怕不是翻过阿尔卑斯山、发动战争的最好时机。我认为这两位法国客人主要是为借钱而来。我相信，他们问这些问题的目的，就是为了弄清楚大人您能够从国库拿出多少钱来资助他们法国人打仗。"

卢多维科笑了。这个费拉拉大使每次开口说话，都言之有理。就这件事而言，卢多维科知道他说的绝对正确。

"贾科莫先生，我也这么认为。但还有另外一件可能的事，我想确认我没有搞错。"

"如果我理解得没错，大人是希望借助小人之力将这件事查个水落石出……"

"说得对，贾科莫先生。"卢多维科从椅子上坐直身子，探出头来，把两人的距离拉近了些，"这不仅仅是为我个人的利益，而是为了我们的共同利益。我委托给您一项任务。"

* * *

"你们自己看着办吧。瞧瞧，就交给你们这么一项任务，你们除了洋相百出，什么都没做成。"

"对，您教训得对，公爵大人。"

"我不在乎对不对！"科米纳公爵使劲一拍桌子，恐怕连手都拍疼了，但他没表现出来而已，"罗比诺，我只要那个笔记本。"

罗比诺站在公爵面前，低着头，把帽子摘下来以示敬意，又立刻乖乖地戴了回去（"喔，快把你那被虫啃过的秃头遮住，太恶心了"，这是公爵的原话）。他身后站着的马特内，静静地听着，根本不敢张嘴说话，平生第一次体会到被无视的感觉是如此的美好。

"对,您说得对。但就像我之前跟大人说的那样,这个事得经过反复尝试才能成。现在我们知道人多的地方不能下手了,而且我们要在夜间行动。"

"最好是这样,罗比诺。"佩隆冷笑着插话说,"如果莱昂纳多认出你们,是不会再让你们接近他一分一毫的。还有,你当时究竟是怎么想到要用兔子的?"

* * *

"我听人说,在高级宴会上人们都用活兔子来擦手。到了宴会厅,我看见了兔子,其他客人也真的这么做了,所以我才想着用兔子来分散莱昂纳多的注意。我还以为他会……"

"你还以为用活兔子去帮莱昂纳多先生擦掉身上的污渍是个好主意,对吧?我看见了。众目睽睽之下,很多人都看见了。"也不知道科米纳公爵那么生气,到底是因为没拿到笔记本,还是因为罗比诺太没礼节,"兔子是拿来摸的,这样可以擦掉手指上的油污,但不能像你那样拿来当抹布用的,罗比诺!我的天,这跟拿个叉子来刷牙有什么两样!现在给我滚出去,好好想想接下来该怎么办。"

"小的告退……"

两个小毛贼灰溜溜地离开了,走前小心翼翼地关上了房门。佩隆转过身去,对科米纳说道:"所以您也觉得,我们必须拿到那个笔记本。"

公爵正在吹自己拍疼了的手,他点了点头,然后说:"那是毋庸置疑的。我昨天就深深感觉到,对付莱昂纳多先生,我们无孔可入,他只对卢多维科忠诚。"

　　"又或者，那是因为他知道无论我们如何许诺，也付不了和卢多维科同样多的酬金？"佩隆说道，"这又回到了我们此次行动的主要目的，我们得赶紧向卢多维科开口，我们需要三万块达克特金币，而且要尽快拿到手。"

七

马，一匹骏马。看上去就像加莱亚佐的那匹西西里纯种马，如出一辙，只是这一匹更为俊美。马的四肢虽然纤细，但肌肉却如此凸显。

动态来自肌肉，它紧绷肌肉，弯曲着强有力的腿部。还有比例，如果你将马的腿做得和它实际的长度一样，这尊雕像看上去就会毫无生气。记住，你必须将它的腿雕塑得比它实际的要长一些。后腿稍短，绷紧，发力后蹬。前腿稍长，抬起。但这只是设计。肌肉是艺术。马身必须光滑，肌肉必须发达。唔，今天我要试试用沙子混合兔子毛和蛋黄。

"您没事吧，先生？实在对不起，我跑神了……啊，使者大人？真没想到是您！您没受伤吧？"

"没事，莱昂纳多先生，没事。"贾科莫·特洛狄向他保证。刚才过马路时，特洛狄被全神贯注迷失在思考里的莱昂纳多·达芬奇迎头撞上，没被撞倒在地上已经是个奇迹。毕竟，他已经是70岁的老人了，尽管体格仍然健硕，但跟他撞在一起的莱昂纳多才40出头，而且身体结实。"您呢？没事吧？"

"我很好。我得向您道歉，您知道，我有时会分心走神，没留意自己往哪儿走。幸好我只是撞上了您，而不是那些到处乱窜的马车。我曾经撞上过一次，我几乎被一辆马车撞了上去。最糟糕的是，坐在马车上的女士还骂了我一顿。我可以告诉您，当时实在是太尴尬了。"

"别想那么多了。"特洛狄把手放到莱昂纳多的手臂上，"这事也经常发生在我身上，尽管像我这种年龄的人其实应该小心些。您要去什么好地方？"

"离这不远的动物市场。"

"我也往这方向走。请允许我与您一起走好吗？"

"荣幸之至，"莱昂纳多笑着说，"或许我们两个一起走会更安全。"

特洛狄心里暗自偷笑，不能让莱昂纳多觉察到自己是刻意撞上他的，看来这一首要问题已经解决。卢多维科也明确地指示，不能让他发现自己被跟踪调查了。

"您要买什么动物吗？"

"不，不是。"莱昂纳多答道，明显又再次迷失在他的思考当中。这位天才的确容易分心，这个习惯也太恼人了。"我要去见一位老朋友。他能给我想要的东西，而且他对我要价不高，要知道这东西通常是很昂贵的。"

"嗯，高品质的东西总是很昂贵的。生活在米兰，人总是处在囊中羞涩的状态。我在费拉拉一周的生活花费在这里一天就用完了。"

这话出自特洛狄之口，听起来并不像是别有用心。众所周知，这位费拉拉的大使，还有加莱拉尼的丈夫，都是有名的吝啬鬼。但事实上，特洛狄正在企图设一个圈套。

卢多维科曾十分明白地对特洛狄说：我想了解莱昂纳多会

不会接受贿赂。我怀疑，事实上，我确定——法国人想要他的设计图纸，而莱昂纳多可能有诸多原因会抱怨，他没有从我或其他人那里收到过酬劳。法国人可以收买那些人，或者收买他。我要您去查清楚是否有这个可能性。请谨慎而巧妙地去打听，去调查。我知道您擅长于此。

这就是贾科莫·特洛狄正在干的事。

***

"金钱不是问题，"莱昂纳多说道，"我的意思是如果我拥有足够多的钱，那它就不成问题。"

"很显然，没有人能满足对金钱的欲望，"特洛狄评论道，"连昨天来的那两位法国先生也一直在抱怨这个。"

"别提了。"莱昂纳多摇摇头。"昨天晚宴上，他们老是缠着我谈论金钱的问题，还想知道我的薪酬是多少。"他笑着说，"我告诉他们，如果我不需要老是购买新衣服，来替换被人笨手笨脚用酒弄脏的旧衣服，我的生活还是蛮富足的。"

莱昂纳多又习惯性地用手顺了顺他衣服的前襟，似乎担心衣服还不够整洁干净。

特洛狄发现他经常做这个动作。

"人把金钱看得太重要了，特洛狄先生。也许很多人相信它具有一种特质，所以将它放在家里反复欣赏，把它当成一幅画或一件珠宝来欣赏。但金钱并不是物质，它不代表任何东西。"

这时，他们来到了大教堂旁的广场，这里就是动物市场。从母鸡到奶牛，从兔子到小鸟，琳琅满目，一应俱全，还顺带提供大量的非卖品，例如苍蝇。莱昂纳多放慢脚步，环顾四周。老特洛狄已经走得气喘吁吁，正设法将更多的空气泵入他的胸腔。

"那金钱对于您来说是什么呢？"

"问得好。您看，贾科莫先生，我不懂拉丁文，当我想表达一些事情时，经常会词不达意。请允许我举个例子。"

说着，莱昂纳多稍稍偏离主道，来到一个卖鸟的商贩跟前。这个商贩把装有小鸟的笼子挂在杆子上，杆子被鸟笼和小鸟的重量压得弯弯的，但又能保持着平衡。"日安，我的伙计。"

"我是鸟贩马修，恭敬地为二位效劳，"他的声音又尖又细，像极了他卖的小鸟的叫声，"先生们想买什么？我们有绿色的、黄色的鹦鹉。或者，如果二位喜欢音乐，我这还有夜莺，它们的歌声比任何乐器都要嘹亮。"

"太好了！"莱昂纳多说道，一脸真诚的样子，"贾科莫先生，瞧瞧，您觉得这公平吗？大自然创造出如此美妙的尤物，此刻却被人关在笼子里，这般无助，仅仅是为了让我们城市人欣赏它们的歌声。告诉我，伙计，这一对夜莺要多少钱？"

"只要五个第纳尔银币，先生。这钱花得值，它们有天使般的声音。"

"我相信是这样的，"莱昂纳多说着，把手放进口袋，"给你。"

"您请拿着，"鸟贩边说边将装着两只夜莺的笼子从杆子上解开，交给莱昂纳多，"如果您想将它们放在屋子里，您需要为它们弄一个再大些的笼子。"

"别担心，先生。没这个必要。"

莱昂纳多打开笼子，把手指伸向一只小夜莺，它立即爬上了他手指。莱昂纳多抽出手，把鸟往上一举，就像一个没有经验的驯鹰师试图训练玩具鹰一样。小夜莺突然飞了起来，拍打着翅膀，在人们头顶盘旋，几秒钟后就消失在房屋上空。

贾科莫·特洛狄看向莱昂纳多，后者一直在抬头张望，视线追随着小夜莺飞走的方向，脸上露出如释重负的喜悦。与此同时，另一只小夜莺也趁着没人注意，从打开的笼子飞走了。

"太棒了，不是吗？ 我一直梦想着献身于研究鸟类飞行。等我做好了这匹神圣的青铜马，有一天我也许会致力于这项研究。瞧，贾科莫先生，您明白了吗？"

"是的，我明白了。您花了五个第纳尔银币却一无所获。"

"一无所获？原谅我，我的朋友，但我把自由赋予了这对夜莺，并且能观察体会到由此带来的各种感受——它们的幸福感，我的幸福感，还有您的惊讶之情。在思想可以转变为希望的情况下，我做到了让思想展翅高飞，仿佛我就是全能的上帝。难道您觉得这毫无意义？"

"当然，您是对的。当一个人去买一瓶好酒，他肯定不会只为了留着来欣赏而去买，他希望买到的是因为微醺而产生的安心和愉悦感。"贾科莫·特洛狄若有所思地点点头，"我理解您，莱昂纳多先生。您和我想的一样。金钱充当着使者的角色，它是多变的，人们通过它才能获得自己想要的东西。就这点而言，请恕我冒昧，您不要跟我说您不在乎金钱的多少。即便是您，当您拥有的金钱越多，能实现让您快乐的事情就越多。"

"我亲爱的特洛狄，我想您还没弄清楚我的意思。刚才，那个鸟贩和我达成了一笔交易。我给了他五块小金属，而他给了我两只夜莺。我们都认同那五块金属的含义。您知道，金钱是一种语言。它之所以起作用，不是因为它自身的天性，而是因为我们人类都同意赋予它同样的权力。因此，它是一种比我们所有的词语和句子都更强大的语言。"

"那很自然，因为每个人都清楚它的含义。"

"其实不然，真正原因在于它是一种神秘的密码。"

"神秘的密码？"

"正是。贾科莫先生，您试想一下：如果尝试向人或猿的心脏射箭，同样的事情会发生，人或猿都会没命。尝试给他们食物，例如一片水果，人和猿都会吃掉它。但尝试将一枚达克特金币放进猿猴的爪子，并希望它能把之前给它的水果还给您的话……"

"它会把我的胳膊扯下来。"

"对，确实如此。但是，如果它能理解这枚金币的含义，它就可以买上一百个这样的水果。"莱昂纳多停了一下，望向特洛狄，"金钱就像语言，是人们约定俗成的一种神秘密码，对于任何非人类的物种来说，金钱都是完全无法理解的。"

"您是指，就像大自然的语言一样。"

"甚至更加强大，因为它更加神秘。您可以借助语言来训练一条狗。您可以用'躺下''坐下'之类的字眼来训练它执行动作。但如果给它一枚达克特金币，它肯定会把金币吞掉。"莱昂纳多说着，坚定地朝阿莫拉里大街走去，步履轻盈，仿佛马上就要抵达目的地。"这就是为什么我们人类是最强大的生物，也是为什么我们能统治其他所有动物，狮子、猪、猿、狗……"他微笑着说，"……甚至是马。不过，马比起我们人类终究还是占优势的，这个眼下值得思考一下。到了，贾科莫先生。"

贾科莫·特洛狄环顾四周。

在那个时代，米兰是制造业最发达的城市之一，各种各样的东西都可以制造出来。

像面料，尤其是锦缎的织物，是用细金线编织而成的。还有来自伦巴德的丝绸布料或科茨沃尔德的羊毛，它们在米兰的车间加工后变得华丽精美，但也保持了其温暖而柔软的特性。

像服装，从最卑微的仆人制服到宫廷女士所穿的披肩和卡玛拉，再到公爵和公爵夫人的高级时装，应有尽有。这些贵族的服饰都由最出色的艺术家设计，也包括莱昂纳多在内，他亲自设计了皇族贝亚特丽斯在天国庆典上的着装。

像折叠式、可变身的家具，例如可变成餐桌的写字台，里面镶嵌了木质装饰，上面贴着警告语"NE GRAVIORA FERAM"，意思是"请不要在我身上放置重物"。

最值得一提的是盔甲。各种盔甲和兵器，什么形状和用途的都有，不一定是军事的用途，实际上几乎从来不用于军事。的确，在那个时期，兵器和盔甲不仅仅是战争用品，更是高级时装，人们常常在市中心庆祝游行时穿戴。一件物品制造出来并非用于它原本的用途，有些人只是想用它来炫耀自己的财富，从而获得满足感，并显示他们勇敢探索的优越感，有点像时下偏要在交通拥挤的区域驾驶SUV（运动型多用途汽车）

一样。

因此，许多成功的手工艺作坊在城市的某个特定区域蓬勃发展起来。基于这些能工巧匠的高品位，他们给这些意大利制造的品牌赋予了无可比拟的声望和独特性，即使在复杂的长戟制造手艺上也是如此。这就是莱昂纳多和特洛狄现在所处的区域——斯库达里街区——奢华武器制造商独一无二的王国。

没错，莱昂纳多是丹迪主义的先驱，着装雍容华贵，但特洛狄实在无法想象出他穿盔甲的模样。

"您打算买一套盔甲吗，莱昂纳多先生？"

"啊，不，当然不是，贾科莫先生。我是来找一位冶炼专家。您有别的事要去忙吗？"

"没有没有，我很高兴陪着您。"

"既然这样，我们进去吧，跟我来。"莱昂纳多钻过一个黑暗的门洞，来到一条小小的开放式长廊。从长廊那些像牢房一样的房间传来酸热的气味和槌子打铁的声音。莱昂纳多走进了第一个房间。

"我找安东尼奥大师。"

铁砧旁的青年浑身油烟和汗水，他眯眼看了一下这两位访客。认出是莱昂纳多后，他放下槌子，一言不发地离开了房间。几秒钟后，从走廊中央的房间里出来一个身材魁梧的男人。特洛狄不禁暗自惊叹，这人庞大得简直像一个四季衣柜！他身穿绿色和金色相间的衣服，笑容满脸地迎向莱昂纳多。

"莱昂纳多先生，真是太荣幸了！有什么可以为您效劳的？"

"安东尼奥大师，是您的热情让我深感荣幸才对。"莱昂纳多回答道，然后转身介绍他的同伴，"这位是贾科莫·特洛狄，费拉拉公爵德斯特的大使。这位是安东尼奥·米萨利亚大师。"

贾科莫·特洛狄向对方鞠躬致敬，安东尼奥·米萨利亚也鞠躬回礼。

据说，当时米兰的盔甲制造商已在整个欧洲占据主导地位。有人说，这多亏了他们的高品位，但这只是原因之一。其实还得益于高效的技术解决方案和良好的传统竞争。从那时起，就已经有品牌存在，每个盔甲制造商都会在盔甲的金属上留下醒目的标记。而那个时代最负盛名的制造商就是米萨利亚家族。

法国的国王、罗马神圣帝国的马克西米利安一世皇帝、那不勒斯的阿拉贡君主，还有其他许多新贵都流行穿戴米萨利亚家族制造的盔甲。这些新贵并不需要保卫他们的王国，也不需要参加什么比武大赛，但有花不完的钱。在1493年的米兰，听到"请容许我向您介绍安东尼奥·米萨利亚"就像现在听到"这位是乔治·阿玛尼"一样。

"这真是莫大的荣幸，"特洛狄说道，"我并不知道你们认识。"

"使者大人，在莱昂纳多先生搬到米兰后不久，我就很荣幸地和他成了朋友。"米萨利亚答道，白胡须间露出一排黑色的牙齿。

"您太客气了，安东尼奥大师，"莱昂纳多报以微笑，似乎是在表明他同意这个说法，但又不想太过强调，"安东尼奥大师教给我很多关于金属的知识，怎么锻造，怎么锤打。我们还一起制造了加莱亚佐·山赛维利诺的盔甲。"

"几乎全是用金子铸造的盔甲。你构思，我制造。"安东尼奥·米萨利亚笑起来，那表情十足一个逍遥法外的杀人犯，"幸亏有人给了这笔钱。"

"在制造过程中，谁投入最多？"特洛狄四下打量着问道。

"噢，对我来说很容易。与铁相比，能锻造黄金是一个梦想。不过，让坐在马鞍上的骑士承受如此重量并不是一件容易的事。黄金柔软而且容易锤打，但是很重，比铁和铜重。铁和铜的重量倒是差不多。"

特洛狄像个小学生般举起了一只手指："恕我冒昧，安东尼奥大师，但我实在难得有机会向您提问题。有些事情我很好奇，我能问您……？"

"当然，希望我能回答您，大使阁下。"

"我常听说，不能用铁来制造战争中使用的大炮，因为太重而且难以运输。但是，您现在告诉我，铁和青铜的重量是差不多的。所以，我不明白这两种物质该如何区分和协调。"

"青铜与铁的重量大致相同，但硬度更高。"米萨利亚举起一只手，他的手无论从形状还是大小上看，都像一块砧板。

"您瞧，大使阁下，您有三种选择。"米萨利亚用两根手指夹起他另一只手那像火腿一样粗的大拇指，"首先，您可以用大约2.5厘米厚的青铜来制造一门大炮，用马运输，然后在战场上使用。"米萨利亚接着捉住了他的食指："其次，您可以用2.5厘米厚的铁制造大炮，用同样的方式运输，但您根本无法在战斗中使用它，因为打出第一炮它就会在您面前炸裂开。"米萨利亚又捉住了他的中指："其三，您可以用5厘米厚的铁来制造大炮，并在战斗中使用它，但是把它运到战场上的费用将会非常昂贵，比青铜做的相同大小的大炮要重得多。况且，青铜更容易熔化变成液态，最多只需要铁一半的热量就行。青铜是很棒的材料，但不能用来制造盔甲，因为太硬，很难锤炼。不过，对于制造大炮来说再好不过了。而且，也很适用于制造雕像，莱昂纳多大师，我说得对吗？"

就在这短短的瞬间，莱昂纳多又陷入了沉思。他眉头紧锁，眼睛低垂。这完全可以理解，因为米萨利亚说的这些他早已了如指掌。沉默了几秒钟后，他缓过神来，额头上紧锁的皱纹舒展开了。

"您说得太对了，米萨利亚大师。这就是我来访的原因。您知道，我正在为纪念已故公爵所铸造的铜像马做些小测试，我需要把少量的铜熔入青铜，最多三四块铜板就够。"

"莱昂纳多大师，我很愿意为您提供任何您需要的材料。您还需要锡来和它熔合吗？"

"不需要了，我还有足够的锡来熔铸两三个铸件。问题是，安东尼奥大师，这些铜板您要先赊账给我。我现在没有钱支付给您，不过兄弟会打算给我的画作支付一笔钱，还有……"

特洛狄走开几步以免尴尬。米萨利亚抬起双手，他身后，一大片阴影落在院子里。

"噢，天哪，看在上帝的分上，莱昂纳多大师。只要是您，无论何时都行，只要您保证不付铅造的钱币给我。"米萨利亚大笑起来，但当他看到莱昂纳多的脸涨红，笑声戛然而止，"我只是在开玩笑，莱昂纳多大师。我马上给您准备铜。

在米兰，有一些人的付款信誉确实不好。但您可以随时来找我，您在这儿是永远受欢迎的。"

＊＊＊

"噢，加莱亚佐，请进。你去过那个可怜人兰巴尔多·奇第的住所了吗？"

卢多维科·伊尔·莫罗坐在床上，正和贝亚特丽斯在玩纸牌。从贝亚特丽斯大腿上的那堆第纳尔银币可以判断，她大获全胜。但从公爵大人的表情来看，这不完全是因为他妻子的运气好或者会打牌。

"我们遵照公爵大人的指示去了。"加莱亚佐抬起下巴，他的眼睛里闪烁着引人注目的光芒，那光芒甚至比他抱着的大木箱更显眼。大木箱看起来沉得很。"我们把门窗关了，用螺栓拧住。离开前，我们把在房子里发现的衣服和毯子都堆放到马车上了。马车此刻就在外面。"

"很好。"卢多维科慢慢地放下一张牌，贝亚特丽斯以闪电般的速度抓了过来，并将牌滑进她手上的其他牌里，"现在，请用木头和炭，再加上香草和熏香，和这些东西放在一起烧掉。安布罗基奥大师说过，这样做对于消除传染病至关重要，这样疾病会随着烟气升至高空，无法再随风传播。"

"我们会照办的。但我觉得，您大概想知道我们还发现了什么，我们又是怎么找到它的。"

"我没听懂您的意思，将军。"

"是这样，大人。首先，兰巴尔多·奇第的家很穷。从我们找到的衣服和他为数不多的财物来判断，他的处境非常窘迫。但是，就那么些东西却乱得一塌糊涂，像遭遇了洗劫似

123

的，无法想象有人能住在这种地方，简直比醉酒之夜的妓院还糟糕。实在抱歉，请公爵大人原谅，我在您面前使用了这种肮脏的表述。"这是加莱亚佐和卢多维科之间达成的一种暗号，每当加莱亚佐使用了这种不恰当的词语，然后为此而道歉时，意味着他希望与伊尔·莫罗独处。

"没关系，亲爱的加莱亚佐。既然如此，我最亲爱的妻子，最好还是别让你的耳朵听到这样可怕的事情。"

当然，伊尔·莫罗说这话时语气温柔。他通常极少要求一个人独处，但既然他现在这样说了，立刻照做绝对是正确的。于是，贝亚特丽斯把裙摆上的银币收好，带着灿烂的笑容离开了房间，毫无疑问她是享受每天四五分钟的育儿时间去了。

"好了，说吧，加莱亚佐。看来你们不是最早进入这个可怜人住所的人。"

"不是。这间房子几个破旧的房间已经被翻得天翻地覆，一片狼藉。我们不是最早进去的，但我们是最幸运的。"

加莱亚佐把抱着的木箱放在卢多维科前面的地板上。

"无论是谁进去过，都没有对那儿进行彻底搜查。床旁边有一个铁砧和一块大木头。木头是空心的，但填充得很满，所以不会让人留意到空洞的声音。"

"那你是怎么留意到的？"

"一个画家要用铁砧做什么？他这么穷，为什么却在这么小的房间里放这么笨重的东西？"加莱亚佐边说边打开了木箱，掏出一根长长的铁鞋拔，"因为他需要这个。你知道这是什么吗？"

"不，我不知道。它让我想起了什么，但我不确定。"

"如果我把这些也给你看，你或许会更明白些。"加莱亚佐说道，从木箱中抽出两根铁棍。

"我的上帝！"卢多维科把目光移到那上面，"这是用于熔化金属的铁管。奇第是个货币伪造者。"

"看来是这样，"加莱亚佐肯定地说道，"铁砧上有几个造币用的金属板痕印，似乎有人在上面打造过硬币。此外，箱子里还装有锉刀、钳子、铜板以及一个小坩埚。"

"木箱里有钱吗？"

"没有硬币，但有钞票。这就是我想跟你讨论的。"

当加莱亚佐再次弯下腰来、把木箱翻了个遍时，卢多维科说话了："我们假设一下，这个无赖的奇第可能是被他阴谋团伙里的人给谋杀了。归根结底，莱昂纳多先生或许是对的。"

加莱亚佐抓住他正在翻的东西，摇了摇头："请耐心一点，卢多维科。我们现在要谈谈莱昂纳多先生了。"

* * *

"啊，莱昂纳多先生，我们到了。我想请您帮个忙……"

"请讲，贾科莫先生，"莱昂纳多边说边打开前门，"您像在自己家里一样就好。"

"太感谢您了，莱昂纳多先生。我突然想方便一下，是否可以……"

"当然可以，贾科莫先生，"莱昂纳多回答道，指向楼梯，"您可以随意使用我的房间。您会在我床边最底下的抽屉里找到您所需的一切。晚上好，卡特丽娜。"

"我在厨房里，莱昂纳多。"特洛狄上楼梯时听到她在回应。

打开了房间门，特洛狄环顾四周。他一边到处打量，一边打开了莱昂纳多所说的抽屉，拉出了一个沉重的黄铜便壶。

贾科莫·特洛狄毕竟已经70岁了，所以借用便壶，的确是一个可以在别人家里随意看的借口。但在便壶上解手时，他老人家必须得小心翼翼，尽可能协调好老眼昏花和前列腺肿大的问题。即便如此，特洛狄还是花时间四下打量了一番。

这是一个很普通的房间，和普通人的房间没什么两样，唯一的不同是散落在房间各个角落数不清的纸张，相信只有纸张的主人才知道它们的排列顺序。这里没有吹管，没有玻璃容器，也没有冶金工具或其他炼金术士的设备，当然这些东西也可能放在他的工作室里。这里最多的就是纸上那些奇奇怪怪的笔记。搞不清楚是什么内容，快速浏览也不大可能，尤其因为它们是从右到左书写的。除非有足够的时间来阅读，否则根本看不懂。特洛狄可没那么多的时间，不管有没有前列腺问题，他都不能单独在别人的房间里待太久。

特洛狄往窗外喊了一声以示警告，声音洪亮而不失礼貌，然后把尿倒出窗外。将便壶放回原位后，他整理了一下衣服，离开房间回到楼下。

"莱昂纳多先生，谢谢您……"他边说边迈进厨房，但马上又止住了脚步。他看到卡特丽娜坐在桌子前，面前摆着一篮豆，她正聚精会神地在剥。当她看到特洛狄，便放下豆荚站起身来，抖掉裙子上的豆壳。

"请您原谅，贾科莫先生，我的儿子有急事出门去了。城堡里来了人，带着命令传召他去见卢多维科·斯福尔扎公爵大人。他为没能向您道别而道歉。"

"没关系，"特洛狄答道，摊开双手表示不打紧，"我得感谢您才对，也感谢您的儿子在百忙中抽出宝贵的时间来招呼我。"

"啊，时间对于莱昂纳多来说永远都不够用。他总是千方百计地争分夺秒。他只睡一个半小时，然后工作四个小时。他总是有一大堆没完没了的事情要做。"

"所以晚上也得工作，对吗？"

"确实如此。他在家里熬夜工作也就罢了，顶多意味着他失眠了。但他还往外面跑。"

"出去吗？在夜里？"

"是的，先生。您知道，我年纪大了，如果我晚上醒来，就无法再入睡。到现在为止，我已经发现他三次通宵不在家了，黎明前才回来。我告诉他晚上在城市周边出没很危险，但他不听。他说，如果卢多维科大人叫到我，我只能这样做。"

"卢多维科？他晚上需要为公爵大人做什么？"

"您不知道吗？我也不知道。"卡特丽娜把手在围裙上擦了擦，瞥了一眼桌子上那堆得像金字塔一般高要剥的豆子，"请原谅我，先生，现在我必须继续干我的家务活了。我有一大堆事情要做，也没人可以帮我。对了，如果您碰巧在街上看到一个年轻人，穿白色夹克和蓝白相间紧身衣的，请帮我喊喊他，让他到这里来。"

* * *

"莱昂纳多·达芬奇先生求见，公爵大人。"

"带他进来，总管。"

总管将莱昂纳多带到了议事厅。三个人在这里等候着他：卢多维科·伊尔·莫罗，加莱亚佐·山赛维利诺，还有马尔凯西诺·斯坦加。

莱昂纳多一见到马尔凯西诺，心里顿时轻松起来。尽管他"瘦杆子"的外号很可笑，但其实他是一个非常严肃的人物，他是宫廷财务大臣，换句话说，是官方的薪酬主管。用当地人的话来说，就是发钱的人。他在这个房间里出现，只意味着一件事：卢多维科直接从兄弟会收到了一笔钱，这将结束他财务上的困境。

"您来了，莱昂纳多先生。来，我们有重要的消息告诉您。斯坦加，您可以走了。我们今天的事办完了。"

"告辞了，公爵大人。"马尔凯西诺低着头答道，然后弓腰离去，留下莱昂纳多单独面对伊尔·莫罗和加莱亚佐，这令他显得比先前更加孤单了。

"莱昂纳多先生，正如我所说的，我们有个重要的消息。过来，过来。您的背包里装着什么？"

"铜板，大人。用来做一些铜像马铸件的小测试。安东尼奥·米萨利亚大师很慷慨地给我的。"

"关于这个问题，请允许我提醒公爵大人您，您曾答应过付钱给我，现在我却看到斯坦加被打发走了。我想知道您为什么传我到这里来。是您传召我的，而我已经过了非常糟糕的一天。我是这么想的，公爵大人，但我不会说出来。铜板是赊欠来的，然后还有米萨利亚给的。是谁让我陷入青铜和铅的困境的？您传召了我。好吧，现在他们要付钱给我。我看到了斯坦加，您却将他打发走了。那为什么让我到这儿来？"

"好啊。我们的莱昂纳多真是一个努力工作的人。他在做一件事，却又同时思考着另外十件事。我愿意时不时为获知您的想法付一分钱。"

"时不时，但不是现在。您不会喜欢我现在的想法的。正如我所说的，莱昂纳多先生，有一个重要消息。加莱亚佐将军已将死者兰巴尔多·奇第的房间清空并进行了检查。他们发现那里一团糟得可怕，凌乱得简直不像话，似乎已经有人去翻过奇第所有的东西了。"

"这似乎印证了我的观点，如果公爵大人您允许我这样说的话，奇第是被谋杀的。他们发现什么有趣的东西了吗？"

"很多东西，莱昂纳多先生，很多东西。或者更确切地说，抢先去搜索翻查的人没找到任何东西，而我们的加莱亚佐将军却发现了这些东西，它们被小心地藏在铁砧当中。您知道它们是什么吗？"

"锉刀、刨刀、黏土、钳、雕刻刀、铸铁棒。这些都是宝石匠或伪造者的工具。"

"说得很准确。莱昂纳多，您还好吗？您的脸色看起来很苍白。"

"我还好，大人。就是今天过得有点糟糕。"

"还没完呢，莱昂纳多先生。我还有两件东西要给您看。"

卢多维科从加莱亚佐手里接过几张纸，将其中一张摊开来。那是一张非常精美的佛罗伦萨用纸，上面的笔迹细致而工整。

公元1493年6月24日，于佛罗伦萨

1000弗洛林金币

按照惯例，此函代表阿切利托·波尔提纳里先生及其在米兰的分行授权兰巴尔多·奇第先生获得1000弗洛林金币，相当于1250达克特金币。基督与您同在。

下面是签名。莱昂纳多认得这个签名。但问题不在签名，而在整张信用证。

当一个银行家收到信用证时，他应该以现金形式返还信用证中所写的金额。当然，每个银行经理都有其他分支机构所有同事的笔迹样本。当我们谈论起美第奇银行或其附属银行时，我们所指的是整个欧洲的分支机构，从罗马，途经布鲁日，直到伦敦。

信用证是欧洲大陆业务的基石，可以保护其所有者免受失窃的困扰，或者在旅途中要带上能装满一整辆马车的钱而经历的艰苦。人们可以在佛罗伦萨把钱存入银行，取得信用证，到了伦敦后，再以当前汇率拿回存入的钱：货币条款带来的损失只是一小点，但安全性却大大提高了。

莱昂纳多困惑地看着这张信用证："我不明白。"

"我也不明白。这个卑劣的无耻之徒，作为一个画家，居然拥有一张1000弗洛林金币的信用证。这件事我俩都不明白。但我要向您展示的第二份文件，或许您会比我更明白。"

卢多维科向莱昂纳多展示了第二张纸，纸上面画了很多图形，夹杂着一些数字，密密麻麻的字迹细小得令人几乎无法辨认和理解。

不出所料，它是从右往左写的。

八

"兰巴尔多·奇第曾经是我的一个学徒，是我的好朋友乔瓦尼·波尔提纳里的一个客户通过他推荐来我这儿的。乔瓦尼请求我把他带回家，在我的工作室当学徒。我就收留了他。"

卢多维科在听，一动也不动。他十指紧扣，罩在嘴上，似乎要表明，只要莱昂纳多说话，他都会专心致志地听。

"兰巴尔多还不错，很有才华，学东西很快，聪明而有礼貌。我对他挺满意，很快他就能在我的工作时帮上手了。"

莱昂纳多缓缓地叹了口气，低头看着地板。无须抬头，他就知道卢多维科还在那儿，没有改变姿势。

"然后，两年前的一天，安东尼奥·米萨利亚大师派人来找我，说他在收款抽屉里发现了假硬币，是用铅制的假达克特金币，上面镀了一层薄金，堪称完美的复制品，极具欺骗性，只有用静水压秤来称重才能发现。他怀疑是他的一些客户做了手脚，所以让我把给学徒的钱都做个标记。"

加莱亚佐坐在卢多维科旁边，似乎在交替地观察他俩，莱昂纳多讲话时看着卢多维科，当莱昂纳多停下来喘口气整理思绪时，又看着他。

"一个月后，安东尼奥大师派人叫我过去。那天早上，我给了兰巴尔多·奇第四个达克特金币，并给它们加了标记。

132

但五个小时后，我看到他亲手交付的达克特金币上没有任何印记。这是不会看错的。"

莱昂纳多摊开双手。卢多维科还是纹丝不动，作为一个活着的生物，能够如此这般的静止不动，还真是不可思议。

"在向安东尼奥大师再三赔礼道歉之后，我把奇第带回家，并让他解释这是怎么一回事。我不想说太多的细节，但这恰恰是您先前给我看过的那张纸上面写的东西，也就是在铅上镀金的方法和步骤。上面标明了应有的程序和需要掌握的时机，因为如果不遵循这些步骤，结果将是灾难性的。这是我和安东尼奥大师在最初为山赛维利诺将军制造盔甲时曾考虑采用的方法，就是使用重量轻的金属，并且使它们看起来像金子的颜色。"

莱昂纳多深吸了一口气："您可以理解我的沮丧和尴尬吧，尊贵的大人。我曾经把这项技术教给过这个无赖，而他却用来制造假币，还拿去欺骗我在米兰最要好的一个朋友。我对他所做的一切感到羞愧和厌恶，甚至都没有斥责他，而是直接把他轰出了家门。我写信给我的几个金属工艺专家朋友，包括桑加罗、弗朗西斯科·迪·吉奥尔吉奥和波拉约洛。我告诉他们，如果奇第去找他们，不要让这个无赖进门，如果让他进门的话只会给他们自己带来灾难。"

卢多维科将手从脸上移开并放了下来。莱昂纳多陷入了沉默。

"您应该把他的事报告给我和秘密议会。"卢多维科语气尖锐地说道。

"您会把他处死的，大人。"

　　"作为这座城市的摄政王，我必须履行我的职责。我本来可以阻止假硬币的流通，并阻止任何试图做假的人。我会做我必须做的事。是您，莱昂纳多，您没有做您应该做的事。"

　　卢多维科站起身，令在场的人觉得如泰山压顶。他确实是一位身材魁梧、气宇轩昂的君主。

　　"您本该履行您的公民职责，莱昂纳多。一座城市的昌盛繁荣不仅仅是依靠牢不可破的城墙，而且，在里面生活和工作的人还得相互信任。这张信用证之所以行得通，是因为我信任发出它的人，而且我确信他能尊重并履行这一承诺。有了这种信任，我们可以在整个欧洲进行贸易，在布鲁日出售我们的丝绸，在巴黎出售我们的武器，在法兰克福出售我们的羊毛。但是，如果我不相信这个书写信用证的人，那就是一张废纸。"

　　莱昂纳多和加莱亚佐保持沉默。卢多维科在议事厅里来回踱步，继续说道："一个城市如果拥有诚实可信的居民，就会是一个理想的宜居城市。但事实上有很多人是不诚实的。给我列出一百个公民，问我他们当中的大多数人是不是好人，我会说是。在这一百个人当中，其中有九十个人，甚至更多，永远不会干伤天害理的事。但是，莱昂纳多，只需要有一个坏人就可以破坏这一百个人的清白，就像一桶葡萄酒中只需要一勺排泄物就可以毁了它一样。作为摄政王，我有责任保证那九十个诚实的人的安全，而不是去保护犯了错的人。这是保持信任的唯一途径。现在告诉我，莱昂纳多，当您看到兰巴尔多·奇第的尸体时，您认出他了吗？"

　　"是的，大人。"

　　"在您认出他以后，您决定检查他的尸体以确定他的死因吗？"

"是的，大人。"

"您是否想过最终要告诉我，您认识这个死者？"

"我不确定，大人。"

"您这是什么意思？"

"我担心您会误解我和这个无赖的关系。您可能会觉得我曾经，而且现在仍然是他的同谋，协助他进行这种肮脏的行为。"

"这正是我现在的想法。而且，此刻我更想确认，这就是事实。我可以认为您一直伙同您的学徒制造假币，直到最近才停止。而在他离开后，您发现自己开始缺钱了。现在告诉我，莱昂纳多，我为什么要相信您？"

"基于下面几个我要告诉您的原因，如果大人您愿意耐心并仁慈地听我道来。"

最让加莱亚佐感到惊讶的是莱昂纳多说话的语气。从谈话开始以来，他一直留意着莱昂纳多。可以看出，他跟卢多维科说话时，似乎越来越从容，一种他从不曾失去的从容。此刻，他在用谦恭有礼而且冷静的口吻说话，就像他不仅知道自己是正确的，而且知道他能证明自己是正确的，但这两者往往不能兼有之。

"那您说吧，我听着。"

"首先，有几封我发给同行的信，我之前提到过。他们是著名的工艺专家或者工程师，都是些尽职尽责的人。我相信，他们会像我保存他们的信件一样保存着我给他们的信。"

"好吧。接着？"

135

"其次，我告诉过您，而且我一直坚信这就是事实，兰巴尔多·奇第是被谋杀的。他并非像其他人告诉您的那样，死于疾病或者神灵的愤怒。大人，设一个圈套让自己掉进去，对我来说真是愚蠢之极。"

"很好，我同意。您还有什么要对我说的吗？"

"还有两件事。首先，我相信对我的事情，您会一如既往地秉持公正，这是大家都有目共睹的，尤其是您在处理卡皮亚戈两个德国人的案件上所做的明断。"

5月底，住在科莫湖附近卡皮亚戈的两名德国人，雅各布·德·佩瑟勒和乔斯·克兰茨，和他们的仆人一同被捕，被指控伪造罪。他们的房屋被搜查，所有物品都被没收并进行了清点。卢多维科亲自检查了清点的单子，还在莱昂纳多的协助下，得出了结论：这两个人不是假币伪造者，而是炼金术士。他们并没有像那时通常所见的无知炼金术士那样，企图通过混合铅和尿液来获得金子，而是使用了二硫化锌。通过二硫化锌提取金子是现今众所周知的最佳方法。这两个德国人有一个设备齐全的实验室，但里面没有铸造模具、槌棒或者钝物。他们被监禁了11天，但没遭到酷刑，并于6月11日获释，由伊尔·莫罗亲自签署了赦令。在15世纪末，这种事情并不多见。

"第二点，公爵大人，我有证据证明奇第不仅是一个假币制造者，而且您先前向我展示的信用证也是伪造的。"

* * *

"您看，大人，这张信用证是由阿切利托·波尔提纳里的合伙人，我在佛罗伦萨的好朋友本齐奥·赛里斯托里签署的。上面的日期很清楚地写着是今年6月24日。"

"是的，我看见了。所以呢？"

"好吧，大人，6月24日是佛罗伦萨纪念施洗者圣约翰的盛宴之日，没有人会在守护圣徒的那天工作。而且，根据我对本齐奥·赛里斯托里的了解，我知道如果他还在的话，也永远不会在圣约翰盛宴上离开丰盛的餐桌去银行工作。"

"还在的话？"

"是的，大人，本齐奥·赛里斯托里于今年7月1日在佛罗伦萨去世了。我母亲卡特丽娜最近搬过来和我一起住，告诉了我关于佛罗伦萨的消息。"

卢多维科双手合十放在脸的前面，开始用食指的关节上下揉下巴。这不像是一个公爵应有的姿态，但这一刻对他来说很重要。卢多维科正在思考。

为了得到款项，信用证上的字迹和签名必须与每个银行经理随身携带的样本相匹配。如果奇第伪造了这张信用证，则意味着他获取了一张真实信用证的样本。但他又是从哪里得到的呢？

而且，最重要的是，这个样本又去哪里了？

"所以说，您和这位签名人赛里斯托里很熟？"

"正如我告诉您的，在佛罗伦萨我们彼此以宾客相待。"

"您知道在米兰他与什么人有业务交往吗？"

"我记得有几位，大人，但我不确定是否还有其他更多的客户。"

伊尔·莫罗继续用指关节揉他的下巴。伪造的信用证。原件不翼而飞。那个最有可能捏造它的人以这种荒谬的方式被谋杀，并且被扔在我城堡的中央，在米兰城的中心。我必须查个水落石出。

"莱昂纳多先生，请拟一份名字清单，把您所知道的跟赛里斯托里有过来往的米兰人都列出来。"

"遵照您说的办。但是，我可以请求获得公爵大人的宽恕和信任吗？"

"莱昂纳多先生，您当然可以得到我的宽恕。至于是否能重新获取我的信任，得再继续观察。请您记住，我们之间已经达成了某些非常明确的协议，而我仍在等待您证明您的精湛技艺。"

伊尔·莫罗目光炯炯地看着莱昂纳多。

他的眼睛似乎在说："我指的不仅仅是青铜马。"

他对面的那双眼睛似乎在回答："我完全明白。"

* * *

"我必须深究此事，加莱亚佐。我不明白这是怎么一回事，但我不喜欢这样。"

"我也不明白，卢多维科。让我最不明白的是，为什么有人要把尸体扔在广场中央，就像一只猫把死鸟带回家一样。我不理解他们为什么要这样做，他们想从中得到什么。"

"你在想的是为什么，加莱亚佐，因为你像个战士那样思考。我是统治者，因此我在想的是：'谁？是谁干的？'所以我不知道该相信谁，还有可以相信的程度。"

此刻身处议事厅的，只有加莱亚佐和卢多维科，他们在等候秘密议会成员进场和当天听证会的开始。这次来的并不是恳请与伊尔·莫罗面谈的人，他们是被伊尔·莫罗传唤来的。伊尔·莫罗想在这个安全的地方跟他们面谈，并且要有见证人在场。

"卢多维科，您必须相信您在想的人。如果您想的是莱昂纳多，您觉得他有什么事情在瞒着您，那他的行为根本讲不通。不管怎样，您要么信他，要么不信他。"

"听起来你很有把握。"

加莱亚佐轻轻摇了摇头，看向远处。"像您刚才说的那样，卢多维科，我的思路像个战士。如果您要我拿着一枚炮弹射击我对面的敌军，您想我会怎么回答？"

"你会说我疯了，然后你会让人送来一门大炮。"

"但是这门大炮可能会炸毁我的脸。"

卢多维科笑了："没有大炮，你将无法赢得战斗。"

加莱亚佐依旧神情严肃，继续看着远处。"如果没有莱昂纳多，您将无法把事情弄个水落石出。米兰和佛罗伦萨之间的距离对您来说太远了，而且您也没有他已经掌握的信息。"

"他的信息可能是错误或者不完整的。"

"卢多维科，就像我是一名战士，而您是一位政治家。我知道如何打仗，而您知道如何信任对的人。坚持这样做。您能接受莱昂纳多有某些秘密，却又不能信任他有另外一些秘密，这说不过去。"

"你这是什么意思？"

"我不是小屁孩，卢多维科。我知道您和莱昂纳多正在秘密谋划些什么。当两个人在谈论某些不想被第三方知道的事情时，我很擅长从中获取信息。"

"加莱亚佐，你相信我吗？"

"当然，卢多维科。"

"那就继续相信我。这事与你无关。"卢多维科叹了口气，从胸腔排出了二氧化碳，却没有释放出压力，"那好吧。请议员们进来，传我们要见的第一个人。是哪一位？"

* * *

总管高声传唤："耶稣埃特会首领狄奥达托·达·锡耶纳神父和乔阿奇诺·达·布雷诺教士求见。"

"请进，神父。"卢多维科说道，却并没有起身迎接，"乔阿奇诺教士，上前一步。我很想见见您这位所有米兰人都在谈论的耶稣会传教士。"

"如果您有那么好奇，您应该来参加弥撒，大人。"

在乔阿奇诺·达·布雷诺教士拥有的许多品质当中，友善绝对不是最突出的。他的长相也不吸引人，一个很普通的矮小男人，头顶按教会法规剃光了，看上去就像早期秃顶。两道浓密的眉毛和从耳朵里冒出来的蓬松的毛发似乎在弥补他的秃顶。

狄奥达托神父听到乔阿奇诺教士这样说，偷偷望了卢多维科一眼，像极了一只可卡犬打碎了女主人珍贵的明代花瓶后的表情。

"大人，请原谅乔阿奇诺教士的浮躁。他来自我们瓦尔卡莫尼卡的茂密沼泽地，不晓得怎么跟君主讲话。"

"但是，他们告诉我，他很擅长与农夫交谈。"

"请大人原谅我的无礼。"教士面无表情地说，"我只是一个卑微的耶稣会传教士，是大人的仆人，不习惯您这富丽堂皇的宫殿。"

"我很高兴看到，你带着你应有的谦卑和自尊。"卢多维

140

科笑着说，"现在，我更高兴听听你对这座城市治理方式的看法。"

乔阿奇诺教士望向狄奥达托神父。

他的上司在用眼神发出警告，注意你的说辞，他正在试探你。

"公爵大人，我哪敢……"

"在我的面前就不敢了吗？你在吉安·加莱亚佐公爵的臣民面前却敢？我可是他的监护人啊。你在前来米兰的外国人面前也敢？我可是这座城市的摄政王啊。怎么现在又不敢了？这我可不懂了。"

"大人，"狄奥达托神父插话说，"乔阿奇诺教士是个激进的布道者，但是他有一颗诚实的心，他从来不会说任何违背圣经的话。我相信这是您最看重的地方，您仁慈地宽恕和赦免了朱利安诺·达·穆贾教士就证明了这一点。"

狄奥达托·达·锡耶纳神父算不上是欧洲最有权势的教会首领，但他刚刚才警告了他的教士，此刻他又在警告卢多维科，礼貌恭敬但又直言不讳地在警告：亲爱的卢多维科，您也许是米兰的领主，但我大声清楚地告诉您，即使我正在非常谦卑地恳求您，但对教会来说，您一无是处。

"当然，神父。我不像我的兄弟阿斯卡尼奥那样是神职人员，但我对圣经内容也非常熟悉。我相信，在不止一部的神圣的福音书中都写着'恺撒的东西，还给恺撒'。既然它是写在神圣的福音书里的，那每一个称职的基督徒都应该遵守这条指令，您不这样认为吗？"

伊尔·莫罗这样说，意思再明显不过了：我虽然不是神

141

父，但我的兄弟恰好是红衣主教。如果他认为，或者我向他告发，你在说违背圣经的话，那么他完全有能力请求罗马当局的干预，你这个耳朵毛茸茸的小东西。

"我尊重圣经及里面所写的一切，"乔阿奇诺用一种低沉的喉音回答道，"但并非所有的事情都写在圣经里，公爵大人。人们并不知道其中没有写什么，除非有人告诉他们。圣经中没有记载米兰会因触犯天威而受到惩罚，但它确实已经发生了。"

"这正是我想问你的——发生的原因何在。我听说，你认为这座城市治理无方。很好，既然政府是由负责治理的人组成的，我希望你把这些人的名字告诉我，连名带姓。我需要对他们采取行动。"

教士吃了一惊，看着他的上司。狄奥达托神父对他使了使眼色，暂时忘记自己是耶稣会教士吧，先当几分钟的本笃会修士。

"你来对地方了。这里是负责国家事务的秘密议会，这些是我的议员们。"卢多维科微笑着说，"你什么都不用怕。"

教士的眼神似乎在说，后面这两句话的意思显然不合吧。

"我无法指名道姓，大人，我只是说这座城市的日常风气。在这里，金钱已成为所有行为和利益的起因和目标。而我传扬的是……"

"你要传道，可以在外面做。这里是政府的议事会，我现在是让你告诉我，都是哪些人把这座城市治理得一团糟了，我好起诉他们。你可以给我提供他们的名字吗？"

狄奥达托神父试图再次干预："公爵大人，正如乔阿奇诺教士所说……"

"可以还是不可以？"卢多维科继续追问道。他的眼睛盯着教士，对神父置之不理。

"我不可以，公爵大人。"

"既然是这样，很抱歉把你传召过来。"卢多维科仁慈地张开双手说，"我们双方都在浪费时间。总管，护送狄奥达托神父和乔阿奇诺教士出去。下一位是谁？"

* * *

"科米纳公爵菲利普大人，佩隆·德·巴斯克先生。"

"请进，请进，欢迎二位！希望你们一切都安好，希望你们喜欢这个城堡。"

"您的盛情远远超出我们的期待，公爵大人。感谢您传召我们来这里见面，刚好我们有一个问题要提交给大人的议事会。"

"既然如此，公爵大人和巴斯克先生，我就不浪费彼此的宝贵时间了。我召见你们是想了解神圣查理八世国王的军队目前的情况。请告诉我最新的消息。"

"情况非常好，大人。奥尔良公爵手下有两万士兵随时候命。目前，国王的舰队由30艘武装好的单层甲板帆船、30艘大帆船和10艘木帆船组成，已经准备启航前往那不勒斯。"

"我很高兴听到这个消息。有了这些，再加上你们军队远近闻名的大炮，你们的准备看来已经很充分了，这样我们就可以开始行动了。"

"公爵大人，只要我们解决了最后一个问题，也就是怎么将大炮运过阿尔卑斯山，我们就可以开始了。"

"为了武装那些帆船，"佩隆·德·巴斯克说道，"国王不但交出了国库的财物，还交出了他家族的储备。"

在此希望读者们不会断章取义，但还是有必要解释一下，这里所说的"交出"并不是真的把他所拥有的东西都交出来，字面上的意思其实是"典当"。事实上，查理八世国王典当了他的个人财物、房屋、城堡和其他不动产（但严格来说，并不全都是他的），还以每年72%的惊人利率获得了远征的费用。查理国王策动战争的能力有多强，法国贵族们无从知晓，但希望能比他的生意经再强些。

"公爵大人，我明白了。也就是说，你们需要我的支持。"

"是的，大人。"

"我明白。根据贝吉奥西奥告诉我的信息，按照预估的大炮数目和步兵人数，他们已经拥有的马匹以及还需要的马匹，以及合适的运输方式……"伊尔·莫罗假装进行了一番复杂的心算，"你们将需要数以万计的达克特金币。"

科米纳公爵感到如释重负。从他对伊尔·莫罗的了解来看，当他开始算数时，就意味着同意。"大人，我们需要的是三万达克特金币。"

伊尔·莫罗缓缓地点了点头，所需的金额和他预估的数额看起来挺相符，他仿佛对此感到很安慰。

"总管，派人去找财务大臣来。先生们，来看看我们是否能够满足我们尊贵盟友的需求。"

烛光下

尊敬的阁下（独处时，我这样称呼自己）：

　　今天我和安东尼奥大师交谈后，用铜和锡铸造了一个小型的铜马像。我把马放倒，侧卧着来铸造。因为缺乏足够的深度，再加上地下水位，都会导致真正铸造时无法把马匹直立放置或者侧向其他任何方向。直到今天，我一直坚信，在熔化金属和铸造马匹时，最重要的因素是熔融的金属所释放出的压力强度。正如阿基米德所描述的，浸入液体中的物体的推力相当于它所推动的液体的重量。这种压力不仅施加于向上的方向，而且施加于所有侧面，因为液体会自然而然试图恢复与它最协调的形态。如果它被推得太高，它会回落，为了回落，它会施加压力。就像放一艘小船在浴缸里，浴缸里的水会升起来，然后试图往下回流。为了做到这点，它会施力于浴缸的侧面以及船体。

　　如果这种液体是熔融的金属，那么它会比水重得多。当它压在熔融金属里面的马匹身上时，其推力是如此之大，以至于它能使马匹模具的外壳裂开。

　　铸造完铜马后，我想让它在冰水中冷却。但由于萨莱伊把大碗打破了，而中碗里又有一只沉睡的猫，我不想打扰它，所

145

以我不得不直接用水罐往马匹铸件上面浇水，想着沸腾的水会立即蒸发，而不会弄湿地板。为了让它更容易流动，我决定把水浇在躺着的马匹铸件上，到时做和真马尺寸一样大的铜像马时，我也打算这样做的。

铜马冷却后，我用锤子敲打它，看看它是发出沉闷的还是清澈的声音。如果声音沉闷，则表明铜像有裂开的迹象。我敲打它的头部和尾巴附近，发现所发出的声音是不同的。为了听得更清楚，我又敲了很久。结果，有一次我敲得太用力了，导致马匹铸件从左右两边的中间连接处裂成了两半。我把左右两半捡起来，感觉左边的部分似乎比右边的要轻，尽管从尺寸上看起来左边比右边显得要大。当我将这两部分铸件分别浸入水中以测量其体积时，这一点得到了证实。我又在天平上称它们的重量。右边部分比左边重了9克左右，尽管它的体积还比左边的少了半片手指甲的水量。

我猜，这是因为铜在纯态下比锡需要更长的冷却时间，并且需要更高的热量才能熔化。在马匹铸件躺卧的状态下用水冷却时，我往右侧倒的水更多。在这种情形下，水分很快就在右侧蒸发掉了，几乎没有流到左侧。因此，与铜混合的锡被铜挤开，从冷却的一侧排出来。由于铜比锡重，马匹铸件的右侧比左侧含有更多的铜，所以右侧虽然体积小，但密度更大，因此更重。

马匹铸件的连接处需要承受最多的重量，如果希望连接处能保持坚固，就要确保它所含的铜比锡多。无论如何，请先将水浇到连接处以确保那里先冷却下来，正如我告诉你的那样。然后把管子放置在铸件的四周，要放多些在连接处旁边，以确保水先流经连接处，而不是其他任何地方。

我向你告别，直到我们再次见面。

你永远的莱昂纳多

来自贾科莫·特洛狄的书桌

致费拉拉公爵埃尔科莱·德斯特，急件

尊贵的大人：

今天整个上午我都是在莱昂纳多·达芬奇先生的陪伴下愉快地度过的。尊贵的卢多维科公爵大人请我去调查前面提到的莱昂纳多先生，这牵涉他的资金问题，因为他担心法国人可能会在战争前后或战争中把他的钱财夺走。在我看来，卢多维科大人一直在密切关注莱昂纳多的言行举止，他的怀疑并非毫无根据或毫无道理。他声称莱昂纳多近来焦躁不安，而我本人也目睹了这一点。即便如此，我确信卢多维科对我并没有完全坦白，他希望监视莱昂纳多的一举一动，但并不真的相信莱昂纳多没有钱。而我认为刚好相反，正如我即将告诉您的那样。

离黎明征服漆黑的夜空还有很长时间，但是贾科莫·特洛狄这一夜都没有合眼。部分原因是感冒引起的，部分原因是他60岁以后就经常难以入眠，还有部分原因是他很紧张。紧张，是因为他认为自己已经意识到了一些事情，非常重要的事情。他很肯定自己已经意识到了这一点，但现在他还不确定要采取什么行动。

当我跟着莱昂纳多来到最杰出的盔甲制造商安东尼奥·米萨利亚的房子时，后者开玩笑地说，莱昂纳多有足够的能力用铅付钱给他。他的原话是"只要您保证不付铅造的钱给我"。莱昂纳多听了，脸突然变得像火盆一样红，米萨利亚随即改变了话题。我猜想，米萨利亚认识莱昂纳多很长一段时间了，他们彼此之间应该非常熟悉。

所有人都认同莱昂纳多是位多才多艺、精通多个科学门类的天才，而且他是非常有才华的熔炼和转化铸造金属方面的专家，如尊贵的大人阁下所知。

这的确是众所周知的事实。他和莱昂纳多一整天都在一起，谈论金属，很显然莱昂纳多是一位杰出的专家。然而，神秘的是莱昂纳多的笔记本从未离开过他，他总是紧张地检查笔记本是否还在身上。他找各种借口，或者抚平衣服，或者轻拍腹部，以检查是否还带着它。

另一个秘密是他在为卢多维科所做的事情。特洛狄不知道那是什么，但无论是什么，肯定不是光天化日之下能做的事情。

那天晚上，在与伊尔·莫罗礼节性地寒暄时，他试图装作不经意地试探他。

"当然，莱昂纳多先生是个非常心不在焉的人，"特洛狄突然扔出一句，"我不知道他是怎么能做到在街上安全行走的。"

"我总是设法让一个能给他带路的人陪着他，"伊尔·莫罗笑着摇了摇头，"否则，莱昂纳多先生很可能会在从厨房去卧室的路上迷路。"

"即使他晚上外出，您也会让人陪着他吗？"

"莱昂纳多先生不会在晚上出门，"卢多维科的瞳孔收缩，他说道，"或者更确切地说，为了他的安全，我希望他不会。"

卢多维科·伊尔·莫罗擅长撒谎，而且不着痕迹。但贾科莫·特洛狄是只老狐狸。

莱昂纳多和卢多维科，这两个人正在密谋些什么。一些不为人所知的事情，连特洛狄也无从知晓。

在米兰，人们对莱昂纳多的学识和卢多维科对他的器重大加吹嘘，尽管莱昂纳多不愿意完成任何工作，除了重新设计维吉瓦诺镇并画了几幅漂亮的板油画之外。这么多年来，他没有为斯福尔扎家族做过任何有用的事情。

莱昂纳多先生经常抱怨卢多维科很少给他报酬，而且报酬很低。原因显然不在于卢多维科仅仅在赞扬上慷慨，在给予上吝啬，而是国库空虚。按莱昂纳多的说法，马克西米利安皇帝殿下对嫁妆的要求是如此之高，以至于榨干了公国的每一分钱。

尽管如此，就在今天我与马尔凯西诺·斯坦加先生交谈时，他很不屑地说，他已收到命令要为神圣的法国查理八世国王提供价值三万达克特金币的信用证。

他现在要写的内容非常重要。

必须清晰有条理而且考虑周全，因为特洛狄给埃尔科莱公爵提出的假设非同寻常，虽然以当时的认识来看，也并非绝不可能。同时，他还必须尽可能谨慎地推理这一假设，以免别人认为他是疯狂的。在这点上，关系到别人对他的评判，以及他在埃斯科莱身边任职多年所积累的声誉，一定得多加考虑。

几个月前，特洛狄曾透露过一个消息，一位不知名的热那亚航海家带领一支船队出海航行，船队装备了四艘小吨位的轻快帆船。他们后来发现了一个大岛，上面居住着皮肤是橄榄色的人，身体都是半裸的。当时费拉拉的很多人都嘲笑特洛狄，直到后来才证实了，他说的全都是真的。（事情在现代人看来很简单，就如热那亚航海家的同行安尼巴莱·根纳罗所写的那样，世界是圆的，它一直在转动。）

特洛狄再次提起笔，两次尝试在纸上起草自己想到的句子，但接着又把纸揉成一团，放在蜡烛上，用火烧掉了，尽管在那个年代，纸张是非常昂贵的。后来，他终于确定了要写的内容，又拿起笔，继续写信。

公爵大人，我相信莱昂纳多已经发现或者马上会发现将铅转化为纯金的方法，这并非不可能。这也为他一直受到如此器重提供了充分的理由。

贾科莫·特洛狄又再次思考了跟卢多维科的对话，还有当他提到莱昂纳多浪费了五个第纳尔银币来放飞两只小夜莺时，卢多维科的反应。卢多维科不但没有感到愤怒，也没有对莱昂纳多总是抱怨自己没有钱，却又这么愚蠢地浪费钱的举动感到惊讶，而是笑了起来。他笑了，还说了些令人不安的话。

"哦，他又这样做了吗？您不是第一个告诉我这种事的。我亲爱的特洛狄，莱昂纳多就是这样的一个人。"

我亲爱的特洛狄，莱昂纳多就是这样的一个人。这，就是解释。当然，还有将铅转变成黄金的可能性——这或许也是解释。可以解释如此多的事情。

比如莱昂纳多完全不担心自己的资金短缺。

比如卢多维科处理那些荒谬的巨额开销时，却那么镇定自若。他眼都不眨就批准了一笔三万达克特金币的借款。又答应了他的侄女与马克西米利安的婚事，同时提供价值40万达克特金币的嫁妆。

特洛狄叹了口气，放下了笔。

* * *

银行总是借钱给统治者，因为统治者实施统治，所以他们总能以货币或特许权的形式，例如税收，来偿还贷款。这就是为什么在大约150年前，佛罗伦萨的银行家很乐意为英格兰国王爱德华三世提供资金，并把羊毛税收作为担保。只是，爱德华国王获得资金后发动的战争最终演变成了百年战争，战争持续了至少120年，成为当地羊毛市场崩溃首当其冲的原因。

特洛狄的目光在自己的书房里扫视了一遍，停留在维拉尼的《编年史》上。通过那本书，他研究了佛罗伦萨的历史，并且深知，历史有时候是会重演的。

当时佛罗伦萨的银行家意识到，他们永远都收不回英国国王欠他们的40万弗洛林金币，一分钱也收不回。而在那不勒斯南部，有些人更早地意识到了这一点。例如，担心拿不回自己积蓄的安茹国罗伯特国王，还有那些在巴迪斯和佩鲁吉斯的佛罗伦萨银行进行了投资的上等公民，他们立即让贵族和教长去取回存款。

结果如何？必然是导致了一场危机。佛罗伦萨的货币无法再流通。商人、工匠和农民不能买卖商品。这一场黑暗而血腥的危机，令城里的居民从9万减少到4.5万，佛罗伦萨的元气在100年后才逐渐得以恢复。而且，那期间还发生了瘟疫，也造成了很恶劣的后果。这些不幸叠加在一起，令佛罗伦萨人变得贫困潦倒、身心疲惫、痛苦不堪。

当然，还有别的改变。例如，股份变得可转让了：在此之前一直不可以转让的公共债务份额成为可以转让的，有些人开始以较低的利率将他们的债务出售给别人，希望他们有能力赎回债务，因为这些人更有野心、更凶狠，也更自傲。

就像卢多维科·伊尔·莫罗，他是个政治家，而不是银行家，但他却又扮演着银行家的角色。他在银行担有自己的债务，同时又四处放贷。

伊尔·莫罗既想代表银行又想代表政府，就像一个人付钱请人为自己画像，随心所欲，想画成什么样就什么样。特洛狄觉得这不对劲。

* * *

有一个跟自己是同类的盟友支持，发起一场战争可以暂时令人安心，但在将来可能会存在危险。将来，对他这个已近黄昏的大使来说，既没有责任也不希望去想象；但对一个优秀的统治者来说，却绝对应该有所考量。他，贾科莫·特洛狄履行了职责，写下了他认为自己必须写的东西。现在该让别人来操

153

心了，一个权力在握，而且有能力和愿望保持权力的人，就如费拉拉公爵埃尔科莱。

愿您的慈爱永存。

米兰，1493年10月21日
您的仆人贾科莫·特洛狄

154

九

"伯爵夫人，莱昂纳多先生到访。"

"啊，莱昂纳多先生，欢迎您。我正期待您能来拜访我们。"

"请原谅我，夫人。因为一些非常不愉快的事情，我在城堡里耽搁的时间比我预想的要长。您也知道，大人做事不喜欢半途而废。"

切奇利娅·加莱拉尼，也就是贝尔加米尼伯爵夫人，牵着莱昂纳多·达芬奇的手，领着他进了客厅。

"进来吧，莱昂纳多先生。我们大约一个小时以后开始音乐演出，等法国国王的使节们到了之后。他们跟我说非常乐意来欣赏演出。这会儿，我正在和客人们聊天呢。今天下午来的这些客人您都认识吧？这位是狄奥达托·达·锡耶纳神父，耶稣埃特会会长……"

"非常荣幸见到您。"莱昂纳多对那位年长的神职人员微微点了点头。那是一个留着灰白胡须、表情看上去挺友善的人。

"这是乔阿奇诺·达·布雷诺教士，他也来自同个一教会。"

"非常荣幸。"莱昂纳多，这位天才的艺术家、工程师兼

155

建筑师又重复了一遍，同时向那名年轻的教士点点头。后者长着稀疏的黑发，还有一张混蛋的脸。

"……还有这位，若斯坎·德普雷先生。"

"啊，这是我莫大的荣幸，莫大的荣幸。"莱昂纳多答道，笑容明显真诚了很多。他张开双臂走向那个男人，给了他一个热烈的拥抱。"若斯坎先生，能认识您真是我的荣幸。聆听您的音乐是对灵魂的一种慰藉。您的音乐能够触动人的心弦，触及人的思想，实在是无人可及。"

若斯坎·德普雷听了微微一笑，看来是习惯了这种赞美，而且知道自己是值得赞美的。他是一个金发男人，体格强壮，样子长得有点像加莱亚佐·山赛维利诺。但当您看到他的手——一双白皙而修长、善于在五线谱上涂点创作的手，就会发现他和卢多维科·伊尔·莫罗大人的女婿截然不同。加莱亚佐面对排兵布阵显得更自在，而不是五线谱上的线条。

"莱昂纳多先生，请坐。特尔希拉，你有什么事吗？"

"嗯，伯爵夫人，我在想……如果您准备来一场客厅游戏的话，我可以加入吗？今天真是沉闷，如果伯爵夫人您允许，而且我不会给诸位增添太大麻烦的话……"

客厅游戏是加莱拉尼这儿最吸引人的一个地方。词语游戏、手势猜字、图形字谜，还有猜谜语，什么有趣好玩的游戏都有，而其中最成功的几乎总是莱昂纳多的游戏，例如"树林将生下会导致自己死亡的后代"（百叶窗的手柄）之类的谜语，而切奇利娅几乎总是第一个猜出谜底的。

"当然可以，特尔希拉。只是今天我们不会玩任何词语游戏或者猜字谜，我们有两位教会成员在场，玩这个可不合适。

若斯坎大师正在和我们分享，他打算怎样创作下一首乐曲。如果你想留下来给我们作伴，而诸位先生也不介意的话……"

"当然不介意，我们很高兴有特尔希拉小姐作伴，"狄奥达托神父说，他很乐意有女性的陪伴是众所周知的，"可惜的是，我马上就得告辞了，但我很高兴听到若斯坎大师的讲解。"

"这很简单，"作曲家带着厚重的法国口音说道，"其实我是受了伯爵夫人给我的启发，她这几个星期都在向我介绍词语游戏。我觉得在某些情况下，我们可以通过引用一个人的名字来创作旋律。我想到的例子是埃尔科莱·德斯特，在拉丁文里是Hercules Dux Ferrariae。如果我们将音节分开，然后记下包含在音节里的元音，那么在音乐里，Her-Cu-Les Dux Fer-Ra-Ri-Ae可以写成Re-Do-Re-Do-Re-Fa-Mi-Re。简单说，就是把所作的曲子献给某个人，而曲子里包含了这个人的名字。"

"您认为听到的人可以发现这种隐藏的赞美吗？"

"我们欣赏乐曲时不需要刻意把它指出来，"若斯坎说，"但我想说的是，一双灵敏聪慧的耳朵自然能发现它的奥妙。没错，这是理所当然的。"

"不知是什么让您想到了埃尔科莱·德斯特？您可是在米兰啊。您不能为米兰公爵大人创作一曲吗？"

"效果会不一样。Lu-Do-Vi-Cus会唱成Do-Sol-Mi-Do，"若斯坎用他优美的男高音唱出来，"您听到了吗？没有张力。这个名字不能把气音推送到曲尾，听起来几乎没有起伏。"

"您可以试试用真正的米兰公爵的名字来创作。"乔阿奇诺·达·布雷诺教士一脸严肃地说。

在场的所有人都屏住了呼吸。先让我们来回顾一下历史吧。卢多维科·伊尔·莫罗实际上并不是真正的米兰公爵。真正的公爵是他那心爱的侄子，笨手笨脚的吉安·加莱亚佐，也就是他哥哥加莱亚佐·马里亚的儿子。在吉安·加莱亚佐7岁的时候，加莱亚佐·马里亚就被谋杀了，原因是他那天拒绝穿上叠襟的护身铠甲，因为那与他的新短袍不搭。早在15世纪后期的米兰，人们为了时尚可以做出各种疯狂事。公国落在了博娜·迪·萨伏依的手中，博娜是卢多维科的嫂子，好多管闲事而且自以为是。她深信丈夫去世后，她能够代替幼子统治公国。卢多维科极力说服博娜相信他，而不是她那个顾问齐科·西蒙内达的说辞。这个说服过程漫长而艰巨，卢多维科先是将西蒙内达斩首了，免得他老是胡言乱语，后来还把博娜软禁在城堡最偏远的那个塔楼最高的房间里。最终，卢多维科的势力占了上风，米兰也恢复了稳定。

现在，只剩下不成气候的吉安·加莱亚佐了。不过，老实说，他对统治公国也不太感兴趣，只要他叔叔友好地给他提供上等葡萄酒和种马，他就觉得生活还是挺愉快的。尽管如此，卢多维科可不喜欢谈到他。

此刻，在加莱拉尼伯爵夫人的家里提到吉安·加莱亚佐这个名字显然不合时宜，比起在神职人员面前玩词语游戏，更加不合时宜。

"您这是什么意思，乔阿奇诺教士？"特尔希拉激动地问道，听到当今最有影响力的传教士竟然要在她的女主人这儿制造事端，她太吃惊了。

"我说的是金钱，特尔希拉小姐，"乔阿奇诺教士回答道，"钱财，黄金，这些东西变成了人们追逐的最终目标，这些明明是魔鬼的秽物，人们却渴望在里头打滚。所以，真正的米兰之主不是卢多维科·伊尔·莫罗，而是金钱。"

"金钱，Sol-Do, Sol-Do，"过了一会儿，莱昂纳多用低沉的声音唱道，"不，这听起来不对。这里是降了五度。它暗示了结束，而不是开始，就像在楼梯顶被一只猫绊倒一样令人不快。"

数秒钟的沉默。然后，特尔希拉开始笑起来，发出像马嘶鸣一般的笑声，她的笑声响亮得传遍了整个客厅，就像掌声在剧院中蔓延开来一样。

切奇利娅也笑了起来，但依然保持着一贯的优雅和端庄。随着话题的转换，她松了一口气，场面无需由她来调停了。

狄奥达托神父偷偷笑了起来，他掩着嘴，满脸憋得通红，仿佛神父是不该开玩笑的。若斯坎·德普雷也大笑起来，笑得眼睛都眯了，嘴都合不拢。他拍了一下莱昂纳多的后背，后者也在开怀大笑。

只有乔阿奇诺教士没有笑。

"您看，乔阿奇诺教士，音乐间隔带出的感觉来自它们的比例，取决于演奏它们的弦乐器或管乐器的音长。那就是和谐产生的根源。带来感知的不是实际的声音，而是彼此间的关系和关系中的和谐。"

"如果您是对的，莱昂纳多先生，"狄奥达托神父说道，在他旁边，乔阿奇诺教士看上去就像是一只随时会咆哮的狗，

159

"那么，所有声音中最崇高的应该是与我们的主的名字相对应的声音。上帝（Deus），De-us，Re-Do。"

"如果我们的主的名字在世界上的每种语言中都一样，那我可能会同意您的理论。但是，在闪米特人的语言中，也就是我们的主自己的语言中，'上帝'这个名字里其实是没有元音的。"

"这意味着语言和音乐是彼此疏远的，"乔阿奇诺教士用刻薄的语气说道，"上帝，他赋予我们语言的能力，还有给万物命名的使命。他令我们脱离了动物之列，但他没有告诉我们要创作音乐。人成为创造的主人，是因为上帝给了人语言的能力，而不是因为人会演奏七弦竖琴。即便是一条狗，只要它从大键琴上走过，也可以带出声音来。"

"这样说来，您还可以从自己的喉咙发出声音来。"

"那是声音，不是语言。"

"可能是我们听不懂的语言。我不赞成您的说法，乔阿奇诺兄弟。我同意语言的能力可以让我们统治世界，但并不能说这是来自上帝的恩赐，我们也不因此有别于其他动物。如果真是这样，那为什么上帝还要赋予我们撒谎的能力呢？"

莱昂纳多摊开双手，像在说一些很容易懂的东西。

"动物不会撒谎。人会。这是语言真正的力量，也是我们真正和野兽能区分开来的地方。我们可以撒谎。或者更确切地说，我们可以说一些根本不曾发生的事情，讨论一些根本不存在的事物。我可以画一只有八条腿的狗，也可以画一个三头六臂的人。但这样做，我并不需要亲眼见过，或者知道这些东西真实存在过。"

莱昂纳多抬起了食指，继续说着。乔阿奇诺教士紧紧盯盯着他，仿佛眼前这位艺术家正在建议给基督画一幅穿迷你裙的画像。

"有一个来自库萨叫尼古拉斯的德国人，他是一个伟大的哲学家，曾经说过这种能力使人与上帝相似：这种创造出以前不存在的事物并且赋予它们意义的能力。每个人都可以用自己的头脑去塑造不存在的事物，而且会说服别人，这样的事物是存在的或者将要存在。就像龙或者独角兽。"

莱昂纳多讲话时，乔阿奇诺教士站了起来，他的脸显得比平时更丑了。

"那么，莱昂纳多，您是在说上帝赋予了我们撒谎的能力吗？上帝给予他的创造物最大的恩赐就是谎言吗？莱昂纳多先生，您这是在亵渎神灵。收回您说的话。"

"我不打算这样做，乔阿奇诺弟兄。随便说点什么，然后又收回去？这就好比挖了一个洞，然后又填满它。一大堆事情正在等着我去完成，我连完成这些事情的时间都不够。如果我还浪费时间来做这种毫无意义的事，那简直是一种罪过，您不觉得吗？"

乔阿奇诺教士转过身来面对着神父，满脸的轻蔑。"原谅我，神父，我不想和一个如此粗俗的亵渎者待在同一个房间里。"

那一刻的沉默令人窒息，但很快被一个出现在门口的仆人打断了。

"伯爵夫人……"

"科尔索，有什么事？"

"公爵小教堂的音乐家们和法国国王的使者到了，是科米纳公爵大人和佩隆·德·巴斯克特使，还有两位我不认识的先生。"

"谢谢，科尔索。请领他们到音乐厅。"

* * *

"莱昂纳多，莱昂纳多，您什么时候才能学会保持安静？"切奇利娅·加莱拉尼腿上摆放着一些刺绣，看着莱昂纳多，然后摇了摇头。莱昂纳多坐在她对面那张他常坐的木椅上，十指交叉，放在紧合的膝盖上。除了他俩，房间里只有特尔希拉。两位神职人员悻悻而去，乔阿奇诺教士昂着头，狄奥达托神父则向女主人道了歉。若斯坎·德普雷已赶去音乐厅欢迎音乐家和法国使者，正彬彬有礼地用鸡尾酒款待客人。

"伯爵夫人，我深表歉意，我永远都不会想到，这种理性的谈话可以被视作对全能的主的亵渎。这几个月里，我经常来您的沙龙。每次谈论起哲学时，我对您那些客人的诚恳坦率和从容自若总是很欣赏。事实上，我觉得狄奥达托神父不是您沙龙聚会的新客人了。"

"的确如此。这不是他的第一次光临了，他看起来是一个很有才智的人，他是神圣罗马教会的坚定捍卫者，但一点也不偏执。这次也许是我的错，但我真的很想见见米兰城里人人都在谈论的乔阿奇诺教士。我不是唯一的一个，对吧，特尔希拉？"

"当然不是，伯爵夫人。在布洛雷托，大家都在谈论他的布道。但是我没想到他会那样……那样的……"

"我明白，我明白，"莱昂纳多摊开双手说道，"听到针对恶人的攻击总是能满足我们的正义感，只要那些被认为邪恶的人是别人而不是自己。但是，他恰恰是那种没有读过《福音》里寓言故事的基督徒，而且他被自己的严重缺点所蒙蔽，在我那么理性的观点中只看到尘埃。似乎不编造出更多罪恶不舒服，米兰城墙内的邪恶就还不够多似的。"

"您指的是那个因触犯天威而死的可怜人吗？"

"亲爱的特尔希拉，触犯天威与此无关。我相信那个人是窒息而死，而且杀他的人动机并不高尚。我还相信，除非我能解释清楚这里头的来龙去脉，否则我将身败名裂。"

特尔希拉满脸通红，而切奇利娅则在颤抖（这是在历史小说中描述一位女士的反应时，必不可少的一种常用描写，尤其是在文艺复兴时期）。

"您是说真的吗？"

"唉，伯爵夫人，那个丧命的人曾是我的一个学徒，卑劣的学徒。"

"您的学徒？"

"曾经是。他叫兰巴尔多·奇第。"

"兰巴尔多·奇第。我不认识。您有向我提起过这个人吗？"

"没有直接提起过他的名字，夫人。"

"现在我想起来了。他就是那个以您的名义用假币付款的卑鄙小人，是吗？"

"不是别人，正是他，夫人。我有理由相信，就像我告诉您的那样，他后来还继续做他的肮脏交易，而且还伪造了一张他得到的信用证。这就是我今天晚饭后赶去见公爵大人的原

163

因，同去的还有尊贵的贝尔贡齐奥·博塔。"

"尊贵的贝尔贡齐奥·博塔？"特尔希拉皱着眉头说道，"莱昂纳多先生，请原谅我，但是您用这样的词语来称呼他？那帮掠夺成性的狗，他们是靠掏尽负税沉重的工匠口袋里的每一分钱来过活的，而他是其中之一……"

"特尔希拉！"

"原谅我，伯爵夫人，但米兰城里的人都是这样称呼他们的，掠夺成性的狗。如果他们是正派的人，那他们出行就不需要护送了。"

"请出去，特尔希拉。"

"遵命，伯爵夫人。"

特尔希拉站了起来，她的目光炯炯，胸部上下起伏着。她拢了拢裙子，离开了房间，走前轻轻地关上了门。切奇利娅向她的客人稍微靠近了些。

"请原谅我这侍女的大胆妄为，莱昂纳多先生。她还年轻，是个好姑娘，但有过不愉快的家庭经历。有一年发洪水，毁了收成，她的嫁妆也化为乌有。我收留了她，让她去照顾小切萨雷——我的小皇帝，我是这样叫他的。"

"我明白。但您怎么能让她擅离职守呢？"

"我怎么让她擅离职守了？"

"夫人，您的切萨雷才刚两岁。这个年纪的孩子每时每刻都需要他的奶妈。但是几个月以来，我一直看到特尔希拉小姐在照顾您，而不是照顾他。"

确实是的。切奇利娅和卢多维科的私生子切萨雷·斯福尔扎5月份才年满两岁。没错，他们都说他是个早熟的小家伙，他的父亲打算在他满六岁的时候，设法让他当上米兰大主教。但是现在的小切萨雷除了吃其他什么都做不了，可负责照看他的人必须从晨祷到晚祷全天候地看着他。

"您说得对，"切奇利娅说道，脸微微泛红，"您知道，特尔希拉是个好姑娘，虽然有时喜欢和男人调情，但她来自米兰城外的家庭，她的成长环境让她有点粗俗。您也听到了，她常常说话放肆，有时候还很轻率。我不希望我的小皇帝在成长过程中听到像刚才那样粗俗的话。我也再次为那些话向您道歉。"

"我想说真诚的话不需要道歉。每个米兰人都有目共睹，公国的赋税太重了，最近还新增了盐税……"

切奇利娅叹了口气，就像一个女人看到她高中的白马王子带着妻子经过，昔日的白马王子已经变得既秃顶又大腹便便时所发出的叹息一样。"我永远不会说卢多维科·伊尔·莫罗坏话的，莱昂纳多先生。我们继续说您的事情吧。"

"对不起，伯爵夫人。我不是故意的……好吧，事情是这样的，那个被伪造信用证的银行家曾经是我在佛罗伦萨的一个朋友……"

"曾经是？他已经去世了？"

"是的，伯爵夫人，他是夏天去世的。为了能让奇第伪造他的签名和笔迹，米兰的某个人肯定有一个样本，一个可以用作模板的信用证。我和博塔试图列出一份名单，列出所有与他有业务往来且居住在米兰的人。您可能认识其中的一些人，他们有的是羊毛商，比如乔瓦尼·巴拉齐奥、克雷蒙特·乌尔奇奥……"

"巴拉齐奥我很熟，我在他那儿买过毯子和斗篷。"

"……有珠宝商人，比如坎迪多·贝尔通内，还有专做织锦丝绸加工用的针线工具的商人，比如蒂辛尼斯港的科斯坦特。不管怎么说，我们正在试图从这些人当中找出，是否有人遗失了一张信用证，又或者有人从他们那里偷走了一张。今天，司法大臣会召集这些人，要求他们提供信贷交易的账目；明天还要去阿切利托·波尔提纳里的银行查看账本，看看它们是否对得上号。"

"那您呢？"

"现在，我要和您一起去欣赏美妙的音乐，希望能暂时忘掉我的烦恼。"

* * *

"这没有用。他的注意力不会转移的。"

"如果他不转移注意力，那么我们就必须考虑用其他办法。"罗比诺说，"与此同时，得盯着他。"

他们此刻身处音乐厅，被动听的歌声所环绕，来自公爵小教堂的歌手们正唱出自信而有力的和声。在若斯坎胸有成竹的指挥下，每一位歌手高低起伏的声浪如退潮和涨潮般交替涌现，现场宛如一片波澜壮阔、浩瀚动人的声乐海洋。

歌手们在若斯坎充满激情的指挥下，欢快投入地歌唱着。若斯坎的身后，20位宾客都坐在那儿全神贯注地欣赏。不过，有些人只是表面上专注而已。莱昂纳多显然是其中之一，他人在那，思想却早已驰骋于音乐会之外。还有科米纳公爵的两个随从，他们跟主人保持着适当的距离，正嘀嘀咕咕谈论他们的目标。

"我觉得我们可以用老办法，"马特内说道，但语气里透出一丝犹豫，"找一条漆黑的小巷，然后……砰！"

"闭嘴，你这个蠢货，再说我就把你两腿之间的那个东西给切了，"罗比诺半张着嘴，继续低声说道，"科米纳大人说的你都听到了。我们不能伤害他一分一毫。"

"科米纳大人可以这样说。但我希望他能设身处地为我们想想，可不是像现在这样。你看看，他坐在两个漂亮的女士中间。你看到右边的那个了吗？"

罗比诺望了一眼他的主人，看见特尔希拉坐在他旁边，她的小腿正从左向右懒洋洋地晃动着。

"是的，我看到她了。"

"她在用她的眼睛给我脱衣服。"

"别胡思乱想了。我们需要想的是怎么行动。"

"我在想呢。她肯定也在想着同一件事。这事到底还要拖多久？"

似乎是为了确认马特内的话，这位年轻女士微微转过身来，用一种非常意大利式的表情瞟了年轻的法国人一眼，那双水汪汪的眼睛似乎要表白些什么。过了一会儿，她又慵懒地转向歌手。

"我没说错吧？你都看见了。"

罗宾诺回过身来，看着他的同伴——高大挺拔，肩膀宽阔，臀部结实，牙齿齐全，脸上挂着年轻人特有的那种讥讽的笑容。总之，是一个帅小伙。

罗宾诺端详了马特内片刻，目光在音乐厅里慢慢地扫来扫去，一个狡黠的微笑在他脸上荡漾开来。

就在这时，表演结束了，热烈的掌声响起，潮水般涌向在场的音乐家。现场的人虽不多，但座无虚席。若斯坎向宾客们鞠躬致谢。

人们都在鼓掌的时候，罗宾诺走到科米纳公爵身边，嘴巴凑近公爵的耳朵，低声说了两句。公爵听了立刻转过身来，对着他那个令人讨厌的助手点头一笑。然后，他把嘴凑向特尔希拉的耳朵，低声说了两句。这位侍女的目光朝着马特内的方向瞟了一眼，脸都红了。她用扇子遮住脸，但还是掩饰不了扇子下的笑容。

科米纳公爵也看了马特内一眼，又用力地点了点头，似乎在为他另一个助手的英俊帅气感到骄傲。

罗宾诺搓了搓双手，回到同伴身边。

"怎么样？公爵怎么说？"

"现在就告诉你。"

* * *

"不。"

"这是唯一的办法。"

"绝对不行。"

"公爵同意了。他认为这是一个绝妙的主意。"

"对他来说很好！如果有人在前面替你冲锋陷阵，你要成为一个英雄还不容易？不，不，绝不。"

"听着，这是公爵的命令。公爵交代我，如果你能将笔记本带回来，那个侍女就是你的了。"

"那如果我带不回来那个笔记本呢？"

"那就意味着莱昂纳多先生要了你两次。第三次将会由公爵亲自动手。"罗宾诺用手肘轻轻推了推他的同伴，递给他一个装满酒的高脚杯，"拜托，别一惊一乍的。莱昂纳多就自己一个人。施展你的魅力，问问他是否愿意结伴回家。"

马特内环顾四周。几米之外，科米纳公爵的目光正与他对视，他还扬了扬眉毛。他又将目光转向莱昂纳多，后者独自一人，背靠在一根柱子上，看上去正在沉思，似乎马上要去做什么想好的事情。马特内毫无表情地拿起酒杯，举到嘴边，两口喝了个见底，然后把杯子还给他的同伴，看都不看他一眼。

"等我回来，我要杀了你。"

十

"您真的要去冒险吗？这可能会令您失去一切。"

"唉，是的，莱昂纳多先生，"狄奥达托神父回答道，眼睛低垂着，"我不知道事情什么时候会发生，但我们是被掌控在上帝，还有公爵大人手中的。"

莱昂纳多慢慢地点头，依旧看着修道院大饭厅里的壁画。壁画乏善可陈，放在当今，可能更适合准备学位论文的人士去观摩，而不是一般大众，更何况还要付费参观。这是贝纳迪诺·布蒂诺内和贝纳尔多·泽纳莱的画作，但壁龛的翻新部分显得有些奇怪，肯定是由一个赝品高手绘制的，莱昂纳多只看了一眼就看出来了，也不想再看它第二眼。

显然，狄奥达托神父很担心。他并不担心失去壁画，部分的壁画还是他自己找人来创作的。他更担心的是失去壁画的载体，换句话说，就是这座建筑物。

"公爵大人的新法律十分明确，"狄奥达托神父继续说道，"任何希望扩大商业或制造场所的人，都可以征用和他营业场所邻近的建筑物，除非那些地方已经是商业、制造场所的一部分。"

"如果我没记错，你们也在做生意。"莱昂纳多说道，他的目光仍然在壁画上徘徊——翻新后的壁画。

莱昂纳多不喜欢这种壁画技术，画得太快太果断了。令人没有时间可以再三斟酌，去修正，去添加阴影和层次。

"哦，只有很少一点。"狄奥达托神父说道，"我们只是小型工匠罢了。您也知道的，我们生产白兰地，还有绘画颜料。幸好，我们的艾里乔·达·瓦拉米斯达兄弟在过世俗生活的时候，养成了保留复式记账簿的习惯，而且他会盯着每一项开支，避免金钱上的浪费。平日里，艾里乔教士都比其他人更小心谨慎，更一丝不苟。不过说回来，我们圣会的创建宗旨是为了反对罗马教廷内部的商业活动。其实，我们也算不上是做生意，太微不足道了。像我们这样的小团体，地位上也是轻如鸿毛。"

莱昂纳多心不在焉地点点头，仍在四处张望。

献给圣杰罗姆的耶稣埃特会的修道院就位于韦尔切利纳门，在纳维利运河旁边。如果今天有人想找这个地方，那就沿着品红街走下去，一直走到与卡尔杜齐路（曾经称作圣杰罗姆路）的交叉路口，再沿着那条路走到梅勒里奥路和马拉迪路之间的街区。然后，就要开始往地下挖了。因为，这个修道院的遗址早已不复存在。

"取决权在卢多维科·伊尔·莫罗的兄弟、红衣主教阿斯卡尼奥手上。"狄奥达托神父继续说，"如果他决定反对我们，我们的修道院就会成为鞋匠作坊的一部分，而剩下的教堂对那些偏爱耶稣埃特会，而不是圣弗朗西斯科教堂的少数人来说实在是太大了。"

"修道院现在有几个教士？"

"差不多40个。不算很多，但也不算少。还是让我们言归

171

正传吧，莱昂纳多先生。您是为何事大驾光临？"

莱昂纳多摸摸他的粉红色头饰，这和他的鲑鱼色服装搭配得很完美，但和修道院饭厅里的其他部分形成了鲜明对比。

"神父，如果昨晚我冒犯了您和乔阿奇诺教士，现在我郑重道歉。我并不想说任何类似于异端邪说的话，我希望您能明白这一点。"

狄奥达托神父耸了耸肩："没必要道歉，莱昂纳多。要道歉的人是我才对。您看，乔阿奇诺教士的反应太轻率了，态度也不合适。其实，我对您说的非常感兴趣。是乔阿奇诺教士无法分辨推理和挑衅之间的区别罢了。对他来说，没有层次或阴影，一切都是非黑则白，不像您的画作。我一直很敬佩您，不知道您怎么能做到通过几十种色彩把人的脸部刻画展现出来。"

莱昂纳多微微睁大眼，抬起了头。翻来覆去的赞美会令人厌烦，特别是当有些人用赞美来代替酬金时。但如果被赞美之处是艺术家自己也认同，而且引以为傲的，那就没有什么比这种赞美更令他受宠若惊了。

"嗯，神父，一个好的画家要画两样东西，一是人，二是这个人的思想意图。当我们端详一个人的时候，我们不光看到一个鼻子、一张嘴巴或者一排牙齿，我们要观察这个人所专注的目标，目标可能是平和的，也可能是邪恶的。我们还可以观察这个人沉浸在美好事物的沉思冥想时所流露出的宁静从容。这些都是可以通过人的行为举止观察到的，不论这些动作是否易于察觉。画是静态的，不会动，但我得确保，看画的人都能看到当中的动态，当中的意念。"说到这里，莱昂纳多笑了，

"用一清二楚、一成不变的线条来创作一幅画是严重错误的。就拿两个物体之间的边界，或者一张脸和它后面那堵墙之间的边界来说，如果画画的人移动了或者这两个物体中有一个移动了，那么它们边界的位置就会改变，因为这个边界其实并不存在，它只存在于画家的眼睛和思维空间里。"

"哈，这正是我感兴趣的话题。"在莱昂纳多侃侃而谈的时候，狄奥达托神父一直沉默着，这时候他说话了，"您认为人的能力存在于语言之中，因为它使人能够描述不存在的事物。"

"所有语言都从中汲取了力量。您可以想象一下，如果要我搭建一个场景，要能表示迦南的婚礼，该有多么艰难。"莱昂纳多顺手指了指旁边壁画上的一个场景，迦南的婚礼正是上面的主题。"我得找几十个客人、一张桌子、一些食物，最后还要能把水变成酒。这对我来说太麻烦了，我怀疑即使是伯拉孟特也不会成功。但是，只要我们拿一支画笔、一个打好的鸡蛋、一些好的颜料，就可以做到了。"莱昂纳多伸开手，指着泽纳莱画的壁画，"这不就完成了？看起来很壮观，对吧？"

* * *

"好吧，先生们，我们的任务快要完成了。我们没有理由再待在米兰了，我是说没有官方的理由。你明白我的意思吗，罗比诺？"

科米纳公爵把双肘搁在桌子上，双手指尖互相对碰。而罗比诺正围着桌子心烦意乱地来回踱步。

"我明白，我完全明白，大人。像我刚才说的，马特内昨晚没有回来，这应该是个好兆头。"

"他可能在街上被谋杀了，"佩隆·德·巴斯克抬起头说，"否则他可能是被愤怒的神灵击倒了。坦白说，如果一个人身处罪恶的状态，这些日子在米兰出没是很危险的。"

"如果情况真这样，这座城堡在几十年前就应该被烧掉了，连上我们也一起烧掉。安静，我听到了敲门声。"

三个人默不作声。几秒钟后，他们确实听到了几下快速的、几乎是鬼鬼祟祟的敲门声。罗比诺大步走到门前，问道："谁？"

"我，是我。"这是马特内的声音。

* * *

"我明白，神父。您是首领。"

"莱昂纳多先生，我意识到乔阿奇诺教士的行为令你心烦意乱，但我可以向您保证，您无须害怕他。"

"他不是要写信给主教，指责我是异端邪说吗？"

"这一点我不好说，但我可以肯定的是，那封信还没发送出去。"狄奥达托神父和善地看着莱昂纳多，"莱昂纳多先生，我没看过的信是不会离开这里的。每封信都要经过这个程序，才可以送到我们同行教会的兄弟手上，无一例外。当文字被写下来时，它们会被传播得很远，而且还会随着时间的推移而持续，可能会造成伤害。我的权力，就像所有的权力一样，我比我的会众懂得更多。"

莱昂纳多和狄奥达托神父绕着修道院的回廊来回地走，已经绕了好几圈。当他们走到修道院饭厅时，神父停了下来，再次看着莱昂纳多，语气坚定地说：

"在其他一些事情上，乔阿奇诺教士也是错误的。您看，莱昂纳多，没错，我的教会是为了反对多余的金钱和商业行为，反对神职人员不断将主的圣言商业化而成立的，所以我们被称为穷人的耶稣。"

莱昂纳多点了点头。他知道科伦皮尼的故事，这位锡耶纳商人在读了雅各布·达·瓦拉金关于圣徒生活的《黄金传奇》之后，改变了信仰，摒弃了自己以往的一切，过起了贫困的生活。他是锡耶纳人，圣会里的所有教士都是锡耶纳人或托斯卡纳人，除了乔阿奇诺教士。之前莱昂纳多从来没见过来自伦巴第的教士。

"我们必须远离金钱，但米兰真正的主人并不是金钱。金钱被视为一种获得权力的手段，不是因为它自身的价值，反而成了一种为达到目的所使用的手段。看看卢多维科，他想利用侄女的嫁妆获得米兰公爵头衔。看看那些最低级的市政秘书，他们是给了前任金钱，才获得了职位。从上至下，令他们像恶魔般追寻崇拜的并非金钱，而是权力。"

谈话间，神父穿过了饭厅的大门，莱昂纳多紧随其后。

"但这种权力是短暂和致命的。只有全能的上帝才能真正掌控人类。人，每个人，无论他在这个世界上处于何种地位，总爱嘲弄全能的上帝，而且给予自己本来没有的权力，只属于上帝的权力。"

"您也一样。"莱昂纳多低声说道。

"是的，我也一样。"神父环顾四周，"但我知道，我知道我的本质是一个凡人，这也说明了为什么我们的权力只是一个假象。我们凡人是转瞬即逝的，我们是离树干最远处的叶子。"

"是的，神父。这也正是我在过去几天里苦苦思索的问题。"

狄奥达托神父看着他，神态不像个教士，倒像个忏悔者。"您肯定听说了有个可怜人被谋杀，然后被抛尸在城堡中间的事情了。上帝会怜悯他的灵魂吗？"

"他叫奇第，兰巴尔多·奇第，曾经是我的一个学徒，但后来我不得不把他打发走了。"莱昂纳多双眼仍然望着壁画，向前走了几步，"您或许也认识他。"

"不，我想我不认识这个人。您为什么会这样问？"

莱昂纳多摇了摇头，似乎打消了疑虑："印象中他住在离这里不远的地方，在圣维塔雷那里。当然，他不是那种会参加弥撒的人。"

"莱昂纳多，据我所知，您也不怎么参加。"

* * *

"不，我也没睡多久，"马特内开始说，带着厚重的黑眼圈，好像都没有休息过的样子，"当时已经很晚了，即使走在宽阔的街道上，周围光线也很暗。我一边走一边和他闲聊，但他显然是在思考什么事情，接受我的陪伴仅仅出于礼貌而已。"

坐在他对面的是科米纳公爵和佩隆·德·巴斯克。罗比诺在桌子旁来回踱步，步子缓慢而焦虑。

"终于到了他的家，我问他能不能进去看看他正在创作的画，我非常崇拜他的作品。他回答说他很累，想去睡觉。于是我鼓起勇气说：'大师，我愿意把我的身体奉献给您。请把我留下吧。'"

"那他说了什么呢？"

"他看着我。笑了。"

那一刻，马特内觉得有些惊讶。莱昂纳多的笑容实在是令人难以置信的甜美。不是淫荡、嘲笑和肉欲；而是幸福、愉快和甜美。他仿佛被这样的好运气乐坏了，笑得那么开心、动人，难道……不，不，我不敢想下去了。我喜欢的是女人。我在这里纯属是工作需要。

"然后呢？"

"他从头到脚打量着我，仿佛是第一次见到我。然后他打开门，牵着我的手，让我进去。你到底在笑什么，癫头？"

"没什么，没什么，"罗比诺说，"请继续。"

马特内深深地吸了一口气，然后把他的手在裤子上来回擦着，好像想擦掉什么令人恶心的东西一样。"他带我去了一个房间，我觉得是他的卧室，有一张床，到处都散落着纸张。他把手放在我的肩膀上，慢慢解开我的束腰上衣。他的手滑过我的胸口，一直微笑着。很快，我就脱得全身精光。"

"全身精光，不知道该怎么办。"公爵说着，忍不住笑出声。

"就是那样，光着身子不知道该做什么。我想，如果我主动的话，拥抱他好呢，还是假装打他呢。还是让他主动吧，然后他……"

"然后他做了什么？"

马特内双手放在桌子上，十指紧扣，仿佛要承认一种说不出口的罪过。"……他画了我的肖像。"

＊＊＊

177

完美的比例，你看，完美的比例。七分之一，五分之一。但中心位置并不相同，这就是秘密。中心位置不一样。正方形和圆形不能有相同的中心位置，否则就不成方圆了。我必须立即写信给弗朗西斯科·迪·乔治，把这个告诉他。

莱昂纳多看着桌上的纸。一个双臂张开、水平伸出，而且双腿并拢的人，站在一个正方形内，重叠在同一个人身上，这个人双臂张开向上伸展，双腿分开，鼎立在一个圆圈内。完美，这就是完美的人。

这就是人之所以成为人的原因：比例。从肩膀到尺骨的距离和从尺骨到腕部的距离相同。这样，手臂就可以弯曲，而且手可以伸到半径范围内的所有位置，却不会出现盲区或无法触及的地方。但是如果前臂比上臂更长或更短，就会存在这种情况。比例啊，比例。人有完美的比例，这使我们不同于狗或者马。没有这种完美，很多事情我们都做不到。我们无法捡起物体；我们甚至站不起来。抬起我们的头，这是身体中最重，也是最重要的部位，而它离地面那么远。人类是唯一能做到这样的。这就是比例的问题。苍蝇做不到，大象做不到……

"莱昂纳多！"

"我在楼上，卡特丽娜。"

"你可以下来帮帮我吗？一大堆鸡蛋要整理，只有我一个人！"

"我来了，我来了。"

"她不会让我一个人静静地待着，一次都不会。"

＊＊＊

"一次都没有！"一巴掌下去。

"我是说，从来没有！"又是一巴掌下去。

"从来没有，从来没有。我说，你就不能按我要求去做吗？"

科米纳公爵站在那里，脸色铁青。在他面前，马特内和罗比诺一动不动，被公爵爆发的咆哮吓住了，因为他正在像一个三流教练一样地大喊大叫，用可怕的巴掌猛击桌子来取代感叹号，来强调他的愤怒。

佩隆·德·巴斯克坐着，更确切地说是笑得跌坐在桌子旁。他也用拳头砸着桌子，眼泪都笑了出来。

"还有你，巴斯克，别笑了，看在上帝的分上！"

"我实在忍不住。怎么会有这么笨的人……"

一巴掌下来，这次不是在桌子上，而是在佩隆·德·巴斯克的脖子后面，他的牙龈狠狠地砸在桌子上。

"够了！别再笑了！我受够了！明天，最迟后天，我们就必须离开。我们没有理由再拖下去了，这会引起怀疑的。今晚我就要拿到那个笔记本。我不管你采取任何方式，必须拿到那个笔记本！"

"任何方式？"

"任何方式。"

"甚至……"

科米纳公爵把脸贴近罗比诺的脸，距离是如此之近，这在礼仪学或审美学中是被视为不得体的。"听着，蠢货，记住我的话。如果你不把笔记本拿来给我，我就砍了你的头。你得把笔记本给我，你对莱昂纳多造成的任何伤害我都会同样返还给你。你明白了吗？"

罗比诺慢慢转过身，看着马特内。

马特内的眼睛在说，这次确实是你的问题了。

＊　＊　＊

"莱昂纳多……"

"嗯？"

"莱昂纳多，是真的吗？"

莱昂纳多坐在厨房的桌子旁，面前有一张纸。第二次听到他母亲的喊声后，他转过身来，本能地用右手盖住了纸，然后又拿起纸来，继续研究，头也不回就回答：

"是的，卡特丽娜。"

"我都还没跟你说是什么事呢！"

莱昂纳多再次转过身，看着他的母亲，将左手放在纸上，把纸揉成一团，那声音似乎与桌子前火焰噼啪作响燃烧的声音很合拍。"你在担心什么呢，卡特丽娜。你在担心我。我自己也很担心，所以我说是的。我说真的，我们真的有充分理由担心。"

"噢，圣母保佑！"卡特丽娜答道，在胸前画了十字，"你真的有必要对一个教会的人说那些愚蠢的话吗？"

"愚蠢的话？教会？我不明白，妈妈。"

"今天，乔阿奇诺教士在他的布道中说，昨天，他在一位贵妇人家做客听音乐的时候，一个自认为是伟大的天才，但实际上只是个小傻瓜的男人说，上帝赋予人们语言的能力只是为了让他们撒谎，上帝最大的恩赐就是谎言。"

"你听我说，卡特丽娜……"

"昨天，你去了贝尔加米尼伯爵夫人家听音乐，你称作切奇利娅的那位，卢多维科·伊尔·莫罗的最爱……"

"她曾是卢多维科·伊尔·莫罗的最爱……"

"我敢打赌，是你说出那些荒唐的亵渎神灵的话。难道我错了，莱昂纳多？"

莱昂纳多从桌子旁慢慢地站了起来，手中握着那张皱巴巴的纸。"你错了，妈妈。你错了，就像他错了一样。"莱昂纳多把纸球放在手指间，然后扔进了火里。"乔阿奇诺·达·布雷诺教士虽然受到了上帝的启发，但他有时会被蒙蔽，并且犯错误。我只是打个比方，但他却只从字面上理解我的话。"

"算了吧，莱昂纳多，放聪明点。现在，你也觉得担心，这是对的。这个人可以告发你，你会惹上圣教会的麻烦的。"

"他当然可以。实际上，他可能已经这么做了。"

"那你想好怎么保护自己了吗？"

"我？我不需要做任何事情，妈妈。乔阿奇诺教士爱怎么说就怎么说。我们这里不是佛罗伦萨，也不是罗马，在那些地方他们把人当柴火一样来烧。这里是米兰，妈妈，卢多维科·伊尔·莫罗的地方。"

"那你为什么担心？"

莱昂纳多似看非看地盯着火苗："这就是原因，妈妈。正因为我们是在卢多维科·伊尔·莫罗的地方。"

"我不明白你说什么，莱昂纳多。"

莱昂纳多走向卡特丽娜，将手放在她的肩膀上，轻轻地按了一下："我知道你不明白。这样更好，相信我。"

＊ ＊ ＊

莱昂纳多离开后，卡特丽娜盯着门发了一会儿呆。然后她

181

将目光移回了壁炉，火焰正要吞噬她儿子扔进去的那张皱巴巴的纸，纸团差点就要被卷进去。

他为什么要把它揉成一团？因为他在上面写了一些不合适的东西，可能会给他带来麻烦的东西。就像他写的太阳是不动的那次。这是萨拉伊告诉她的，说他和马可·多吉奥诺嘲笑了莱昂纳多很长一段时间。他们还问过他，有没有可能是地球在动，但他只是笑了笑，摇了摇头。

卡特丽娜本能地走到壁炉前，快速地将纸球从炉膛中取出来。她回到桌子前把纸球打开，摊开在桌面上。

上面有一些图画：一只老鼠，一只猫，一头大象。还有几行手写的句子，这对她来说是高深莫测的秘密。就算文字是按正确方向来书写的，卡特丽娜也读不懂，更不用说反过来写的了。

"您好，卡特丽娜，"萨莱伊高兴地边说边走了进来，"今天晚饭吃什么？我希望不再是萝卜了。"

"我的小贾科莫，你能读懂我儿子写的东西吗？"

"当然可以，卡特丽娜。"

"那你告诉我这上面写的都是什么。"

萨莱伊弯下腰，凑过身去看那张纸。他皱了皱眉，然后开始读起来。

二乘二，得到四。三乘三，得到九。四乘四，得到十六。五乘五，得到二十五。

如果将四十九除以七，就会得到七。这将适用于盔甲和外壳，因为它适用于骨骼和大炮。

卡特丽娜惊慌地看着萨拉伊，然后又看了看纸。纸上的老鼠和大象画得那么逼真，以至于看到它们静止不动反而是不自然的。

"你在跟我开玩笑吗，小贾科莫？"

"没有。纸上的确是这么写的。"

"这到底是什么意思？"

"我怎么知道呢？"

需要做的事情

　　与银行家阿切利托谈一谈，看看他是否有收到过假信用证，以及他是如何识别这些信用证的。

　　与加莱亚佐将军交流一下，凶手是如何将尸体扔进斯福尔扎城堡的武装广场里头的，怎么会没有人看到。

　　再次与盔甲制造商安东尼奥大师谈一谈，要令一个穿着铠甲的人窒息死亡需要多大的力量。这次你自己去吧。

　　如果你弄明白了以上三件事，你就会明白这件事是怎么发生的，因为后果是由原因引起的，就像树枝是从树干上长出来的，而没有树是从空中生长出来的一样。你了解的事实越多，就越容易找到它们产生的原因，因为所有事实都汇聚在同一树干中，只需要一个事实就可以看到其他所有的。但是如果树干隐藏在茂密的森林中，那你找到越多的树枝就越好。

　　我写下我的职责，我知道我的职责，但其他人并不知道。画家的职责是绘画，盔甲制造商的职责是制造铠甲，客户的职责是为完美完成的工作支付费用。画家的职责是生活和吃饭，并给学徒体面的生活。因为如果一个人不能吃饭，那么他就不能活着；如果一个人不能活着，他就不能画画。尽管我会问自己为什么要待在米兰，世界上还有很多其他的地方。

　　暂不考虑马的问题。

十一

　　所以，就是这样。一条河流的每一条分支都将水输送到主要河流，而每一棵树的枝条都与树干相连。如果你看到一棵树在生长并分枝，测量其树干的直径和两根树枝的直径，就会发现树枝直径的总和等于树干的直径。在任何高度，如果你砍伐所有这一高度上的树枝并将它们捆成一束，那么这捆树枝与其树干一样粗。

　　如果两根树枝在一个点相交，则该点的底部一定比这两根树枝更粗。从未见过，从树干萌芽的树枝比树干本身还粗。人也一样。他并拢的五根手指与他的手掌一样宽；他并拢的双腿与他的臀部一样宽；如果将他的手臂抬起贴近他的头部，两条抬起的手臂加上头部，和他的胸部一样宽。

＊＊＊

　　坐在莱昂纳多身旁的男人用一种困惑的表情看着他，莱昂纳多突然注意到自己举起了双手贴在头部。这动作，就像一个奥林匹克跳水运动员站在跳板上。莱昂纳多一本正经地假装在自我诊断关节疼痛的部位，然后，他放下双臂，叹了口气。

　　他已经等了将近半个小时。在这半小时里，待在科马西纳门银行这间装有大理石雕门的房间里，他的思绪又像往常一样地游离开来。而且，像往常一样，他的思绪总是偏离主要问题，莱昂纳多不得不多次提醒自己回到焦点问题上来。就在那时他注意到了，有时他的思想会迷失在一个强大的而且很有启发性的想法中，以至于他得付出巨大的努力，才能意识到自己又陷入了幻想。尽管这种关于树枝的思考是有原因的。如果两根树枝在某个点相交，那么这个相交点必须与两根树枝的粗细的总和一样。因此，它必须比这两根树枝的其中一根要粗。这一点可以肯定……

"莱昂纳多·达芬奇先生？"

"是的。"莱昂纳多回答道，站起身来。

"请随我来。阿切利托先生有请。"

* * *

"莱昂纳多先生，很高兴见到您。请进，请进。请原谅让您久等了，但这个早上实在是忙坏了。或者更准确地说，这几天我都忙坏了。实在抱歉，但我真的不能跟您说太久。"

"别担心，阿切利托先生。我不是那种遭到拒绝还依然坚持的人。我来这儿不是找您要钱的。我准备提及的关于钱的问题比那个重要得多。"

此刻，阿切利托先生显得有些焦虑不安。

"我想说的不是硬通货，而是软通货。"莱昂纳多笑了笑，对阿切利托那副不安的表情感到相当满意，"您是一个巫师，却又不会破坏教会及宫廷的权威。您将纸变成钱，反之亦然。因此，我请求您回答我几个问题。"

"我非常乐意，如果我能够回答的话。"阿切利托说，神情越来越焦虑了，"但请您理解，信誉方面的事情，沉默是金。"

"这点我同意。金子是金子，纸是纸。如果在明明不可能的情况下，一个人却想把纸变成金子，或许对圣母教堂不会有什么影响，但肯定会让卢多维科·伊尔·莫罗公爵生气。"

阿切利托的脸色有点苍白。对钱币伪造者，还有故意使用假钱币的人，罚罪都是死刑。"行，"阿切利托吞了吞口水，"您具体直接地问我，我会具体直接地回答您。"

"唉呀呀，阿切利托先生，您真是个乐观主义者。通常问题越具体，回答就越困难、越含糊。好吧，我们不绕圈子了。我的第一个问题是：您是否曾接触过假信用证？"

阿切利托·波尔提纳里似乎屏住了呼吸。他的眼睛扫过他的桌子，仿佛桌子可以替他回答："您为什么要这样问？"

"因为那个被人谋杀，然后被抛尸在武装广场上的无赖兰巴尔多·奇第，他的房间里被找到一张由本齐奥·赛里斯托里签署的信用证。一张假信用证。"

"您怎么知道是假的？"

"它的签署日期是6月24日。"

阿切利托·波尔提纳沉默了片刻，然后突然大笑起来，歇斯底里地大笑。过了好一会儿他才平静下来。"6月24日？好好想一下！本齐奥在圣约翰盛宴上签署信用证！哪个造假者会笨到犯下如此愚蠢的错误呢？"

"我认为是奇第本人，阿切利托先生。"

阿切利托的脸色变得阴沉："但这个奇第不是您的学徒之一吗？"

"曾经是。我老早以前就把他赶出去了，当我发现他是个无赖的时候。请原谅我，阿切利托，您还没有回答我的

188

问题。"

阿切利托·波尔提纳先是把双手紧扣放在面前，然后又把手往肚子上一放，身体往后一靠，靠到椅背上。"您问我有没有接触过假的信用证？是的，有可能。事实上，完全有可能。"

"当您收到假信用证时，您会怎么做？"

"我会给予支付。"

"您会支付？"

"当然。除非像您所说，知道它是假的。又或者，除非这个数额太高。如果是后一种情况，我通常会事先收到一封个人信件通知，说明某个分支机构已经授予某个公司的某位先生……譬如说……2万达克特金币的信用证。这样的话，我就有足够时间把钱先准备好。"

"如果您先去调查一下它的真伪，不是更好吗？"

"如果人们对信用证体系保持信心，那样对我们来说才更好。莱昂纳多先生，您想想，如果我对每一张有虚假嫌疑的信用证都进行调查的话，人们就会不再光顾我们的银行，而会去其他银行。信用证通常是给旅行者使用的，给那些不能长时间逗留在一个地方的陌生人使用的。我不可能让他们在米兰待上一个星期，否则他们会诅咒我下地狱的。"

"除了持有人以外，其他人是不能兑现的吗？"

"仅在持有人授权的情况下，才可以兑现。那是一项全新的服务，而我的银行是较早提供这项服务的银行之一。"阿切利托笑了笑，但很快他的脸色又再次变得阴沉，"碰巧，这就是我今天早上遇到的问题。我的一位客户去世了，在他尸骨未寒之际，我就被他的继承人骚扰。他们想知道他的账户里是否有钱，有多少钱。我必须得先弄清楚他们当中谁有权问我。这个可怜的人是被谋杀的，而他的家人已经在我的门前挥动着石块，嚷嚷着要争夺这些金钱。所以，请原谅我，我必须……"

"明白，阿切利托先生，明白，您去忙您的。但是，您刚刚说的是谋杀吗？"

"是离开旅馆时被刺杀的。原因不详。"

"他是不是有赌博问题？或者是为了争女人？"

"不太可能。他是一个受人尊敬的长者，是那种做事得体的人。唉，可怜的巴拉齐奥先生。"

"巴拉齐奥？不是乔凡尼·巴拉齐奥吧？"

"是的，就是他。一位羊毛商。您认识他吗？"

* * *

"认识！我当然认识他！"切奇利娅·加莱拉尼说道，她难以置信地看着莱昂纳多。"我们昨天下午才谈到他。您是说他已经死了？"

"被谋杀了，伯爵夫人。在旅馆外被刺杀的。"

"这太可怕了。哦，圣母啊，一个如此……如此……"

"可敬的人？"

"是的，莱昂纳多先生。他是一个好人，为人慷慨而很勤奋。我不相信会有人跟他争吵到要刺死他的地步。您大老远跑来就是要告诉我这件事？"

"是的，伯爵夫人。您知道，我昨天提到乔凡尼·巴拉齐奥的名字，是因为他跟我认识的那位信用证被伪造的银行家朋友有过业务来往……怎么了，夫人？"

　　莱昂纳多的惊讶来得合情合理，因为切奇利娅突然用右手捏了一下他的手臂。这个举动令人有些出乎意料而且有些唐突，但莱昂纳多并没有觉得不快。

　　"信用证？听我说，莱昂纳多先生。夏天，8月中旬的时候，我与乔凡尼·巴拉齐奥见过面，订购了一些东西。我们像往常一样聊了一会儿，他问我是否使用过信用证。我告诉他，我从来没有需要，也没有机会使用，但是如果我能帮助他，我会很乐意这样做。然后他问我，如果签署这张信用证的人已经死了，这张信用证是否依然有效。"

　　莱昂纳多什么也没说，但这并不意味着他无话可说，只是这个时候并不需要引导切奇利娅说些什么。

　　"我回答说我不懂这些事情，但我认识几个可以帮助他的人。我特意给了他一个人的名字。这人您和我都认识。而现在您告诉我乔凡尼·巴拉奇奥先生被害了。"

　　"对不起，伯爵夫人，我对您所指的那个人有一个非常具体的想法，但我希望我的怀疑得到证实。"

　　"所以您也有一个具体的名字是吗？"

　　"伯爵夫人，是一个非常具体的名字。我说出来还是您说出来？"切奇利娅的脸红了，眼睛望向别处。一种尴尬的气氛笼罩着他们，像安东尼奥·米萨格利亚大师制作的盔甲那样沉甸甸的，而且难以脱去。

　　"我们看起来像两个恋爱中的人，莱昂纳多先生。"

　　直到那一刻之前，莱昂纳多的脸色还是和他的衣服的颜色一样，现在却变得跟他帽子的颜色没什么区别了。

　　"请原谅我，伯爵夫人，我并不是存心想让您感到不快。

有时候我会忘了自己是谁，以及我正在与谁谈话。最好还是由我说出这个名字来。"

＊　＊　＊

"科马西纳门银行行长阿切利托·波尔提纳先生求见。"

"请进，波尔提纳先生，请进，"卢多维科说道，却没有起身相迎，"您还好吗？"

阿切利托·波尔提纳环顾四周。他在这个屋子里从来没有感到过不安，尽管这里是行使权力的地方之一。但是今天，卢多维科，还有议会成员，甚至连墙上装饰的波浪形图案似乎都带着一种恼怒和怀疑的目光在看着他。

"我很好，伯爵大人，很好。"

"生意怎样？希望您搬回原来的总部能提振士气，这对您的客户也有所裨益。"

"真巧，这正是我要来跟大人讲述的。今天发生了两件事，两件独立的事，但可能并非完全不相干。"

"请说吧，波尔提纳。"

"是这样的，今天我收到了许多信用证要求给予支付的请求。"

"这很好，不是吗？毕竟这就是您的工作。"

"是的，很好，除了一件事——这些信用证有些奇怪。"

"奇怪在哪？"

"是这样的，它们都是由同一位银行家签署的，佛罗伦萨的银行家本齐奥·赛里斯托里。"

"本齐奥·赛里斯托里，"卢多维科说道，他反复咀嚼着这个名字，就像在咀嚼他妻子喜欢的茴香糖一样，这令他觉得

192

恶心，吃到嘴里只是为了不让她生气，"这可真是个巧合。"

"可不是。有时候是会发生同一位银行家的两张信用证在同一天到达的情况。通常对此的解释是：人们为安全起见，从马赛、康斯坦茨或布鲁日一起出发，并且同时到达。"

"但是，如果我没理解错的话，我们现在说的是有两张以上的信用证。"

"是的，大人。所有的信用证都是由同一位在仲夏去世的银行家签署的。佛罗伦萨离这里很远，所以要查看我们的记录并不容易，尤其是如果签署这些信件的银行家几个月前就去世了。"

"他去世了？"卢多维科故作震惊地问道。

"是的，他去世了。您明白我的意思吗？"

"您担心这些信用证可能是假的。"

"我不仅仅是担心，大人。而且，现在是处理这个紧急情况最糟糕的时候，我为本票和贷款的托收正忙得不可开交。还有，最重要的是……"

"最重要的是？"

"今天上午大约九点钟的时候，我的朋友莱昂纳多·达芬奇先生来找我。我们在佛罗伦萨时就彼此认识。那时我还是一个年轻人，而他还是个孩子。当他移居到米兰时，我是他的第一批合伙人之一。"

"我相信您和莱昂纳多是很熟悉的。"卢多维科轻描淡写地说道，事实上他隐约感觉到阿切利托有点夸大了。在他看来，他们俩并非相互十分熟悉的那种关系。过去或许是，但现在不是。

"是这样：今天莱昂纳多来找我，问我在银行执业期间是否曾经接触过假信用证。他告诉我，他担心这些信用证是由一个名叫兰巴尔多·奇第的人伪造的。这人曾经是他的学徒，莱昂纳多说在发现他的卑劣行径后把他赶走了。如果我没理解错的话，这个奇第就是被发现死在您的广场上的那个人。"

卢多维科从头到脚打量着阿切利托·波尔提纳。直到那天以前，他一直认为美第奇银行米兰分行的行长是一只癞蛤蟆，除了癞蛤蟆不应该长有鳞片。

"广场不是我的，它属于城堡，城堡是属于米兰公爵的领地，"卢多维科环视四周说道，"至于其他的事情，我不能否认您说的是真的。"

"这个，大人，这就是我此行的目的。今天银行里发生了太多的巧合，我觉得我有责任向您如实汇报所发生的一切。"

"谢谢您，波尔提纳先生。"卢多维科打个手势，门边的仆人用手指敲了一下门。门从外面打开，总管进来了。"总管，在下一个求见者进来前，先休息一会儿。再见，波尔提纳先生。"

"愿上帝保佑您，大人。"

当阿切利托·波尔提纳离去后，卢多维科双手合十，开始在脸上搓来搓去。

莱昂纳多是佛罗伦萨人，本齐奥·赛里斯托里是佛罗伦萨人，美第奇银行在佛罗伦萨。谁有能力从佛罗伦萨的银行家那里获得信用证？一直与佛罗伦萨保持联系的人。比如莱昂纳多，但……

但真的是莱昂纳多吗？我们在谈论的是同一个人吗？难道

卢多维科对他的判断是大错特错的吗？

卢多维科抬起眼睛，与加莱亚佐·山赛维利诺对视。

加莱亚佐的眼睛告诉他，有可能。我不相信，但是有可能。

"将军，您能去把莱昂纳多先生带来吗？"然后，卢多维科更大声地吩咐，"总管，今天的面见暂停。"

"还有两位，大人。"

"告诉他们明天再来。我们将增加一场面见会，到时再听取他们的陈述。"

"他们声称有很重要的事情来求见，大人。"

"每件事对于关注它的人来说都是很重要的，甚至连邻居烟囱里冒烟的事情也是。"卢多维科说完，站起身来，把长袍拢在腿上，并转过身来，"告诉他们明天再来，要不然就去死吧。"

"如果可以的话，请您亲口告诉我。"一个温文尔雅却毫不含糊的声音说道，是一个女人的声音。

卢多维科再次转过身来，注意到他的议会成员中有几个人的脸红了起来。

切奇利娅·加莱拉尼站在门槛上，高贵端庄，甚至有点傲慢。在她旁边，站着莱昂纳多·达芬奇。

* * *

"伯爵夫人，亲爱的切奇利娅。为什么作为求见者来见我？"

"因为今天我是一个求见者，大人。"切奇利娅说道，面颊通红，眼睛微微眯着，"今天我是作为一名米兰人和米兰公爵的臣民，来拜见您和各位在这个城市里位高权重的人。莱昂纳多和我有非常重要的消息要告诉诸位，这样正义就能得以伸张，而这座城市也不会分崩离析。"

"真的吗？"卢多维科想故作轻松地说出这几个字，但失败了。每一个字都承载着或多或少的分量，这取决于出自谁的口。而此刻他的对话者是莱昂纳多和切奇利娅·加莱拉尼，这让他不能无动于衷。在他面前的这两个人，比他城堡中的所有其他居民，甚至包括那一刻所有的其他在场者，都更聪明睿达。

"请您自己判断，大人。"

"很好。"卢多维科转向他的议员们，"在这种情况下，既然我必须亲自来判断，先生们，那请各位先回避。"

* * *

"我知道了。"卢多维科说道，双手合十，手指轻敲嘴唇，双眼紧闭。这种情况以往在公众场合是从未出现过的。

"所以，卢多维科……我是说，大人，"切奇利娅说道，似乎对直呼其名感到有些尴尬，"我是对的吗？这难道不是非常重要的事情吗？"

"是的，切奇利娅。"卢多维科睁开眼睛，这一瞬间似乎才意识到莱昂纳多也在房间里，"是的，伯爵夫人，确实是。事实上，在以前很重要，现在更重要了。但我得调查一下。您所说的很有道理，我也有同感，而且前后衔接得很一致。现在我得看看这是不是真的。"

"但是大人……"

"我和您交谈过了。我今天也和阿切利托·波尔提纳交谈过了。我必须比较你们的信息，看看它们是否属实。而现在，莱昂纳多，您在城堡留下来。您还有事情要为我做，留在这里您就不会分心了。"

莱昂纳多低下头，神情沮丧。卢多维科说的话，前半部分是对的，后半部分则有点模棱两可。这样一来，卢多维科阻止了他与任何人达成协议或者销毁任何东西。很明显，他仍然对自己有所怀疑。

"好。我需要和一个人谈谈，然后我会做出明智的决定。"

然后卢多维科走向大门。

是的，这是正确的决定，莱昂纳多想。确实有一个人绝对要为这件事受到质疑。

"总管！"卢多维科敲着门喊道。

沉重的门被打开，贝纳尔迪诺·达·柯尔特那张蜡黄色病态的脸浮现出来。"派人去传唤安布罗基奥·达·罗萨德大师来。我需要他去观察星象。"

但这并不是他正在想的人。

197

来自贾科莫·特洛狄的书桌

致费拉拉公爵埃尔科莱·德斯特，急件！急件！加急件！

尊贵的公爵大人：

我向大人发送的消息，是关于今天和昨晚发生的事件，以便您可以了解事态的发展并提供建议。

昨晚，莱昂纳多·达芬奇先生在梅诺区尽头的新布洛雷托一侧从斯福尔扎城堡出来时，遭到了袭击。两名蒙面男子拦住他，企图对他施暴。

莱昂纳多试图反抗时，一个年轻人赶过来，发出恶魔般的尖叫，挥舞着他扁平且锋利的剑猛扑过来。另外有两个人从库萨尼区赶来，还有两个人带着剑和锤子从另一个方向的尼隆区赶来。四个人沸沸扬扬地加入了这场争斗中，喊叫声、咒骂声，脏话、粗话，应有尽有。我就不告诉您还有谁从乔瓦尼·德尔·梅诺的家里出来了。

德尔·梅诺家族的成员加入了这场混战中，试图制止这一连串无休止的混乱争斗。而莱昂纳多先生奋力使自己从这一团糟的局面中挣脱出来，这使人联想到拉奥孔和他的儿子们。

事情平息后，那个尖叫的年轻人被莱昂纳多确认为是他的学徒贾科莫·卡普罗蒂，又名萨莱伊。而其中两名武装人员说，他们的名字叫格拉齐亚诺和奥托利诺，是公爵城堡总管贝纳尔迪诺·达·柯尔特的随从，贝纳尔迪诺证实了他们的说法。另外两名武装人员被确认为法国人，他们的名字是加斯帕德·罗比诺和杰弗罗伊·马特内，科米纳公爵的随从。写到这，我要说我不得不写这封信的原因了——还有两名武装人员说，他们是费拉拉公爵的使节维涅罗·德尔·巴尔佐和科里奥拉诺·法拉利。

这三组武装人员开始互相辱骂，互相指责对方对莱昂纳多先生进行了袭击，而萨莱伊则坚持要用武力对抗，还使用了粗暴的措辞，说他的主人兼老师曾遭到法国人的袭击。当被问到是如何认出他们时，他回答说是因为他们身上发出的恶臭。这又引发了另一场斗殴。尊贵的卢多维科大人手下正在巡逻的九名卫兵碰巧赶到，立即平息了这场争斗。目前，所有这些人都被关押在斯福尔扎城堡的监狱中，除了莱昂纳多和萨拉伊，他们已回了莱昂纳多的家。

我之所以写这封信，是因为卢多维科大人今天一大早传召了我，希望结束这场争吵，并要求尊贵的大人出庭，以审判两名自称是您特使的人，所以我恳求尊贵的大人给出建议。

简而言之，您在没有告诉我的情况下把武装人员派往米兰。现在，像往常一样，又得由我来帮您摆平这桩麻烦事。所以您最好立刻赶来米兰，亲爱的费拉拉公爵埃尔科莱。

愿您的慈爱永存。

米兰，1493年10月23日
您的仆人贾科莫·特洛狄

十二

"尊贵的费拉拉公爵埃尔科莱大人的使者，贾科莫·特洛
狄先生求见。"

"让他进来。"卢多维科毫不客气地说道。话音刚落，贾
科莫·特洛狄已经走了进来。他把帽子拿在手上，脑子里有一
个不太清晰的想法。卢多维科正等着他。他看上去很平静，端
坐在议事厅中央的高背椅子上。

正如莱昂纳多常说的，绘画时，艺术家必须通过一个人身
体的姿势和行为动作来描绘他的外观和他的思想意图。在这种
情况下，任何一个需要去描绘卢多维科的形态并充分表达他意
图的人，都需要注意观察他的坐姿。

他的身体紧紧地靠在椅背上，下颔抬高，牙关咬紧，双手
松弛地放在扶手上，手心朝下。卢多维科的意思是，这是我的
地方，包括椅子、房间，还有我们身处的整个城市。我是这里
的统治者，这是毋庸置疑的。现在，我们要进行交谈，阐述各
自的观点，这不容易。但在我们交谈时，不要忘记这一个事
实。否则呢？没有"否则"，我甚至不打算考虑提供一个"否
则"的选项。我是这里的决策者，别忘了。到此为止。

贾科莫·特洛狄走进来时说道。"我谨向大人表示
敬意。"

"真遗憾。"卢多维科说道。

"您说什么？"

"真遗憾，"卢多维科重复道，丝毫没有站起来的迹象，"我曾希望您能代表我的岳父埃尔科莱来向我道歉，因为他派遣了不守纪律的武装人员到我统领和管治的城市，甚至没有征求我的许可。"

贾科莫·特洛狄把双手在背后搓揉。这不是一个特别令人愉快的场面。一边是埃尔科莱，另一边是卢多维科，他夹在中间被勒令作出解释。此刻他在这里需要做的是变成一种胶水——液态的胶水，黏附在紧压着他的老虎钳的两侧，然后固化，牢牢地保持在他的位置上，迫使双方承认这是唯一的可能性。

"大人，您是完全正确的。在家庭关系中，特别是当家庭成员的个人能力都很强大时，相互信任应该是最重要的。至于尊贵的费拉拉公爵做出此举的理由，我只能说他的初衷是好的，并采取了与尊贵的公爵大人您一样的措施。"

"我不明白。我采取了什么措施？"

"就像我的主人一样，您指派了两个人来保护莱昂纳多·达芬奇先生。"

"您搞错了，贾科莫先生。那两个卫兵是在城堡的岗哨执勤时，听到了梅诺区传来争吵的声音才去进行干预的。"

"这样的话，请允许我斗胆建议，当战争开始时，大人可以带上这两位先生参战，并任命他们为信使。他们确实是飞毛腿，才能从城堡的深处一下子到达现场，甚至比埃尔科莱公爵的人员到得还早。"

"您这是什么意思？"

贾科莫·特洛狄深深地吸了一口气。向一个有权有势的人证明他犯了毋庸置疑的错误，既不容易，也毫无益处。

"大人，我认为，我主人派遣的人已经奉命保护莱昂纳多先生的安全，于是他们小心翼翼地跟随着他，保持着一段距离，以免被发现。尽管如此，您的士兵还是在费拉拉公爵的人员之前抵达了袭击现场。"

"您这样认为？"

特洛狄抬起头。如果得克萨斯州的扑克玩家们目睹了这一幕，他们会说，现在已经到了玩全押牌的时候了——当然这是完全不可能的，因为美洲大陆仅仅是在此一年前才被发现的，而在那几个月里，征服者们脑子里还在想其他事情，比如消灭土著人，而不是发明纸牌游戏。

"大人，我相信埃尔科莱公爵打算保护莱昂纳多先生，是因为我告诉了他，你们正在从事的秘密计划。"

"秘密计划？"

"随您怎么称呼它吧。这就是莱昂纳多每天晚上都离开家、秘密进入城堡的原因，他置身于危险之中的原因如此之多，以至于那个被他称作萨莱伊的年轻人带着武器尾随其后；以至于您决定派人对他进行保护；甚至埃尔科莱公爵，看了我写给他的信后，也决定要保护他。"

卢多维科板着脸，冷漠地看着特洛狄。"我有理由要对莱昂纳多先生进行监视，而且正如您所看到的那样，这并非多此一举。昨晚莱昂纳多先生遭到袭击，但他为我做的工作是我和他之间的事，与此无关。"

"何以见得？"

"因为这件事对城堡以外的任何人来说都不重要。"

特洛狄试图克制自己，但他实在不喜欢被当成白痴。"原谅我，大人，但事实上，这是一件最重要的事情。我能理解您希望保守秘密，但是不用多久，人们就会察觉到。他们会察觉到并采取相应的行动。如您所知，我不能对我的主人保守这样的秘密。这将在费拉拉，以及欧洲其他地区，引起一片混乱。"

现在轮到卢多维科盯着特洛狄，好像他变成了一个白痴。"在费拉拉的话，大使先生，是的，那当然会。但是，我实在不明白它与欧洲其他地区的关系。"

"那么，您是否打算否认莱昂纳多·达芬奇先生已经找到了将贱金属转化为黄金的方法？"

卢多维科沉默了片刻。他的脸变成了猩红色，然后突然大笑起来。

那是捧腹大笑，就像一个男孩看到一个男人在冰上打滑跌倒，或者一个女人来回26次想尝试将她的破旧汽车停在一个足够停两辆汽车的停车位上。

这位巴里公爵兼米兰领主笑得如此厉害，眼泪都笑出来了。

特洛狄一直站在那里，一动不动，一声不响，甚至有些愕然。

"请原谅我，贾科莫先生，但刚过去的这些日子实在是太令人烦恼，其实现在也依然充满烦恼。我一定是累积了太多的紧张情绪，就像上了弦的十字弓。然后您扣下了扳机。"

卢多维科深深地吸了一口气，擦干了眼泪，再次变得严肃起来。

"没错，大使先生，您是对的，我欠您一个解释。莱昂纳多确实在为我工作。您能保守秘密吗？"

"我是一个大使，大人。保守秘密是我的工作。"

"您可能觉得这不容易做到，但您必须这样做。事实上是，正如我曾经向你吐露过的，孕妇对我没有吸引力。"

"'觉得孕妇很令人讨厌'，这是大人告诉我的。"

"啊，是的。"卢多维科诡秘地看着特洛狄，"所以，当我亲爱的妻子，也就是您主人的女儿怀孕时，我找她的侍女纵情欢乐了一下。您知道，男人是需要释放精力的。"

"我理解。"特洛狄答道。他已经70岁了，对他来说，这更多的是一种模糊的记忆，而不是理解。"嗯，如果可以的话，我想知道这位女士是……"

"鲁克雷齐娅。鲁克雷齐娅·克里薇莉。"

"那个看上去有点粗俗的、黑头发的年轻女士？"

卢多维科笑了。葡萄，你是够不到的，不是吗？你这只老狐狸。"是您有些粗俗，大使先生。我觉得鲁克雷齐娅很有吸引力。莱昂纳多先生同意我的观点，后来他答应为她画肖像。"

"啊。"

"准确地说，这就是莱昂纳多晚上来城堡的原因。我无法要求鲁克雷齐娅小姐白天摆出姿势来，因为她可能正在和我的妻子交谈，对吧？"

卢多维科从高背椅子上站起来，向特洛狄展示了他一米九的身高，只是为了再次说明，他们两个中哪一个是领主。"大使阁下，您能做到守口如瓶吗？"

"去你的，没门，你这卑鄙小人！"卢多维科吃惊地僵住了。

当然，这话并不是出自特洛狄之口，根本就不是他——他绝不允许自己这样做。噢，不，令卢多维科更吃惊的是，伴随着这些话发生的是一个沉闷的撞击声和一道突现的亮光，好像外面有人往遮风挡雨的窗帘布上扔了一个火盆，然后发出青铜般的声音，把它撕开了。

这事情确实发生了。在明亮的窗框里——在被剥掉了那层不透明的保护窗帘下，矗立着高贵傲慢而又愤怒异常的贝亚特丽斯·德斯特。

* * *

"我亲爱的妻子……"

"亲爱的妻子？！你这混蛋！我躲在这里想听听你们的谈话，本以为你会告诉大使先生我父亲将被任命为总司令。结果，我发现我被骗了！你对我父亲的大使说的居然是这些，你这个混蛋……"

"听我说，贝亚特丽斯，我认为在别人面前这样大吵大闹是不合适的。"

卢多维科试图装出一种高贵超然的神态，就像一只猫在追逐一只鸟时从桌子上掉了下来，然后又站起来，仿佛什么也没有发生过似的，仍力图展现它高雅从容、风度翩翩的姿态。不幸的是，尽管他身上的贵族气质和教养可以阻止他大喊大叫，但却堵不住别人的嘴。

"噢，真的吗？所以我在人前尖叫是不合适的，但是你很乐意和你的女仆做爱，然后在屋顶上喊出来？对我来说提高嗓门是很尴尬的，但是你可以把厨房的女仆搞得精疲力竭，是吗？这是什么德行？"

"听着，贝亚特丽斯，您是巴里公爵夫人，您不能……"贝亚特丽斯再次用她的高分贝来压倒她丈夫的高贵，"我已经听够了。我姐姐还不够高贵，不值得让您请莱昂纳多·达芬奇先生为她画肖像吗？看来，伊莎贝拉作为埃尔科莱·德斯特公爵的女儿，也算不上一个吸引人的角色。但是，当莱昂纳多看到您的一个再普通不过的贱货时，却跑去拿他的画笔，是这样吗？"贝亚特丽斯深吸了一口气。

"至于我能做什么？我现在马上就回费拉拉去。"

"请允许我为您提个建议，夫人，"特洛狄用平静的语气大胆地说道，"现在这个时候回费拉拉去可能是不合适的。"

贝亚特丽斯转向特洛狄，好像是第一次见到他一样："就这一次，贾科莫先生，我可以建议您该去哪儿。"

"谢谢您，夫人，我宁愿待在这儿。"

贝亚特丽斯转过身来，身上的衣裙随风飘转。她走了出去。

卢多维科目送着妻子离去。只见她步履缓慢，几秒钟后，她将脸埋入手心，就像低头看着地板上摔碎了的珍贵物品一样。他慢慢地把目光从窗户上收回，走回他的高背椅旁边，显然恢复了平静和冷漠，但依然目光低垂。

"好吧，大使先生。"他坐下来说道，"今天一早，我得知我最器重的工程师兼艺术家遭受了袭击。接下来，发生了外交误会。然后，在我岳父的大使面前被妻子侮辱。现在，让我们来看看能否让一切回到正轨上来吧。"

"最糟糕的情况应该已经过去了，大人。"

"我从经验中得知，当第一个德国雇佣军死于瘟疫时，我们也有了瘟疫。我需要一个可以给我建议的人。想想看，安布罗基奥大师曾预言这是充满了成功的一天。"

"今天还没有结束呢，大人。"特洛狄含蓄地说道。

"您说得对，贾科莫先生……进来，什么事？"

"科米纳公爵和佩隆·德·巴斯克先生到。"贝纳尔迪诺·达·柯尔特用颤抖的声音说，"他们要求见您，大人。"

"现在不是时候。"卢多维科冷冷地说。

"大人，恕我斗胆地说一句，我想您还是接见一下他们为好。"总管说道，用一种惊惶和厌恶的表情望向他的左边。

"好吧，带他们进来。"

门廊前出现了科米纳公爵的身影，徘徊在门口。

"您好，公爵大人。请进来。我想和您谈谈。"

"大人，我想和您谈谈，"科米纳公爵说道，用左手拖扯着门后的东西，"我想和您谈谈这个。"

然后，公爵走了进来，扯着他说到的东西，将它沿着地板拖进议会厅。贝纳尔迪诺·达·柯尔特注视着这个情景，毫无疑问，眼神里更多的是厌恶而不是惊恐。

贾科莫·特洛狄是对的，这一天还没结束。

我希望读者们此刻能原谅我，但是一个编年史记录者的职责是给予具体、详细的描述，即使所描述的场景完全不可思议而且令人反感。

科米纳公爵拖着的物体事实上是一个浑身被粪便覆盖着的
侏儒。

* * *

"我希望您能给我解释一下。"科米纳公爵继续说道，
将侏儒拖向卢多维科。侏儒被扯着在地板上拖行，留下一道
痕迹。

卢多维科注视着侏儒的到来。这不是哪个碰巧捡到的侏
儒，而是我们的一个老熟人，善良的老卡特罗佐，他在查理八
世国王的大使抵达后第一天晚上表演过的。

一个会说法语的侏儒，就像卢多维科跟加莱亚佐·山赛维
利诺提到过的那样。拥有了这两个基本特征，他就可以长时间
待在大使房间里头那根支撑桌子的桌腿里面。那张桌子上刻着
"费拉拉公爵埃尔科莱一世赠"。对老卡特罗佐而言，桌腿里
面的空间足够宽了，何况下面还连着方形的底座。在这里面，
他能不受打扰地聆听两位法国使节，还有他们手下的谈话。这
是卢多维科接待意大利许多城市的外交使节时的惯用手段，让
一个侏儒待在桌腿里偷听，然后又趁人不备把他放出来，让
他复述听到的私密或被认为是私密的谈话，并以某种方式犒
劳他。

一天前，卢多维科通过这种类似于现代窃听电话的方式，
获得了法国人的谈话内容。为了奖励老卡特罗佐，卢多维科把
他送进厨房，给他特权，可以尽情地向厨师点菜。这个善良的
侏儒往肚子里塞满了蜜饯西梅脯、干无花果、红枣，还有其他
的美味佳肴，简直要在肠胃里发动一场美食大战。结果，那天
早上，站在桌子腿里的时候，侏儒先是感到胃部有轻微不适，

随后逐渐变成了难以忍受的疼痛。看起来无伤大雅的肠胃胀气，最终演变成了一场真正的灾难。

两位大使吃惊地嗅到了一股强烈的气味，他们先是猜疑地互相对望了一眼，但很快确定气味并非来自对方。他们很容易就找到了恶臭的来源。接着，两个人将一把剑插入木头的接口处，立刻就听到了尖叫声，从而确定了有人待在那里面。他们最终将可怜的卡特罗佐从桌腿里拉了出来，尽管中间经历了一场漫长而肮脏的挣扎。

"我马上给您解释，公爵。"卢多维科指着卡特罗佐说道。后者躺在地板上，动也不敢动，却浑身发抖。"这很明显，我不信任两位。"

卢多维科从椅子上站起来，再次展现出他的身高。

"我不信任你们，我确实不能信任你们，因为有人打算抢夺为我效劳的工程师莱昂纳多·达芬奇的私人笔记本。"

"从来没有人想过要做这样的事，"佩隆·德·巴斯克傲慢地说道，"侏儒误解了。"

"那告诉我，你们的两个随从在哪里？"

两位法国人，一位是真正的法国人，另一位是移居法国的，他们正互望着对方。这绝不是一个好兆头，特洛狄心想，当他们两个人中不清楚该谁说话时。

"谁，罗比诺和马特内？"科米纳公爵说道，"他们还没回来呢。他们昨晚寻开心去了。说实话，我希望他们没有惹上任何麻烦。"

"的确没有。他们正安全地待在一个温暖而舒适的地下牢房里呢。"

佩隆·德·巴斯克和科米纳紧紧盯着卢多维科的脸。

"他们被逮捕了，"卢多维科平静地继续说道，"鉴于昨晚他们在我的城市里，在离我城堡不远的地方，袭击了莱昂纳多，并企图抢走他身上的东西，我想是他的笔记本。幸亏有莱昂纳多的私人保镖和两名我特别任命的警卫保护……"

特洛狄轻咳了一声，以掩饰他的笑声。

"……从而阻止了一场对莱昂纳多的袭击。"

两位法国人彼此躲避着对方的目光。有几秒钟的沉默，令人窒息的沉默——而且也很臭，因为卡特罗佐仍蜷缩在他被扔下的地方。

"大人，希望您能理解，我必须和我的使节商量一下。"科米纳公爵说道，尽可能地保持着自己的尊贵和高人一等。

"我完全同意您的要求，"卢多维科严肃地说，"我认为，如果你们去城堡的墙外面商量，对我们所有人来说都是最好的。"

＊ ＊ ＊

"就在城堡的墙外面，您能想象吗，卡特丽娜？但是他们没来得及得手，这些恶棍。我在十步远的地方，我一下就赶到了。他们有两个人，但他们没想到我在，我用剑柄打了第一个人的这里，"萨拉伊先是模仿他手里拿着一件假想的武器，然后指着他脖子的后面，"但是第二个人抓住了剑柄，把我的剑拉开了。他比我高大，而且更强壮。但我确实喜欢我的姓里面有'山羊'的字样，我用头击中了他，直接击在他的肚子上……"

"是撞，你用头撞了他的肚子。"卡特丽娜说着，拿开莱昂纳多头上的湿布，然后换了另一块浸泡过冰水的湿布。

　　莱昂纳多躺在床上，一声不响，闭着眼睛。刚刚过去的这一天一点也不轻松。现在他在家里，躺在自己的床上，他唯一希望得到的就是清静和安宁。

　　"这是一回事，重要的是这下正中他的肚子。他一定把他肚子里的所有东西都吐了出来，甚至是小时候他妈妈的奶。然后……"

　　"贾科莫，不要再说了，"莱昂纳多用一种疲惫但带着权威的声音恳求道，"昨晚我也在那儿。你可能打了那些人，可我是被人打了。我们不要再谈论这件事了，我求你了。"

　　"不管怎么说，卫兵来到的时候，你真该看看那混乱的场面！每个人都向其他人拳打脚踢，尖声叫唤，大喊大叫——小心！站在那儿别动！天哪，该死的！但是如果我当时不在那里……"

　　"真的，小贾科莫，"卡特丽娜说着，把一只手放在她儿子的前额上，"如果你不在那里的话，那就太可怕了。"

　　"如果天已经亮了的话，小贾科莫，"扎尼诺说道，"你会被狠揍一顿，那时你得让你妈妈用罗马数字来计算挨揍的地方。你只是个小男孩，其他人都是士兵。"

　　扎尼诺·达·费拉拉是莱昂纳多的众多学徒之一，得知主人的不幸遭遇后，他从工作室赶到莱昂纳多家里来慰问。

　　"您看，大师，"最后一个赶到莱昂纳多家中的德国人朱里奥说道，"如果您没有从则（这）个城堡回来得则（这）么晚的话，也许就末（没）人会袭击您。"

　　有一天，一个留着胡子的大个子出现在莱昂纳多家里，说他是来当学徒并想学习技能的。"你能做什么？"莱昂纳多问他。"我能少（烧）火、连（炼）铁。"那个男人回答说，用黝黑的双手锤打着空气。莱昂纳多需要铁匠，需要对金属加工了如指掌的人，这就像他需要空气一样。很好，来吧。所以，德国人朱里奥就这么来了。没有人是必不可少的，但每个人都是有用的。

"大师是去工作，不是去享乐。"扎尼诺恶狠狠地回答。他向来就不喜欢这个粗俗的留着胡子的家伙。而且，莱昂纳多这儿已经有金属专家了——他自己，再说还有安东尼奥大师，何况在必要时还可以找桑加洛……大师想要这个野蛮人做什么呢？

"工作是白天的事情，睡觉的人是晚上的事情。"朱里奥说道，他说话时老摆脱不了日耳曼语的用词方式和口音。

"应该说睡觉是晚上的事情，"萨莱伊说道，很高兴自己也能够纠正别人用词的错误，"不管怎样，你知道大师是按自己的作息习惯来安排睡觉和工作的。如果他觉得需要，就上床睡一个小时，然后起来工作四个小时。"

"没有人比你更清楚大师什么时候睡觉，对吧，小贾科莫？"

"听着，你这该死的铁匠！如果你想看看我剑里的铁有多坚硬，那你就继续说，我……"

"够了！"

莱昂纳多猛地跳了起来，动作如闪电般飞快，敷在头上的湿布一下子从窗户飞了出去。这是一个如此怪诞的场面，放在其他任何时候都是滑稽可笑的；不过现在却没有人笑得出来。

"够了！看在上帝的分上！"莱昂纳多一边说，一边下了床，房间里的其他人立刻安静下来。大家都知道莱昂纳多性情温和。而且，和其他所有善良的人一样，他很少生气。但当他真正生气起来，会变得很可怕。

楼下有人敲门，卡特丽娜趁机走开，去看看是谁。与此同时，莱昂纳多开始咆哮起来。

"我遭到了指控、羞辱、攻击，现在我甚至不能在我自己的家里休息！离开这里！"

"对不起，大师，如果……"

"出去！看在上帝的分上，给我出去！"

卡特丽娜的声音从楼下传来："莱昂纳多，你有访客……"

"还有？"莱昂纳多喊了起来，他已经失控了，气冲冲地朝房门走去。"谁又来惹我？"

他俯身从木栏杆上往下看，脸上还是凶神恶煞的。

这也许就是他一生中第一次有机会居高临下地看着卢多维科·伊尔·莫罗。

* * *

"大人，请您一定要原谅我，我永远不敢在您面前讲这么粗俗的话。"

卢多维科关上了他身后的卧室门。他的头几乎碰上了天花板。他环顾四周，把房间里唯一的椅子拉过来坐下。

"我们不要看外表，莱昂纳多，让我们看一下实质。我是带着要求来这儿的。"

莱昂纳多坐在床边，什么也没说。"这是我作为米兰公国的摄政王提出的要求，而不是作为您的赞助人。您可以同意或者拒绝。"

莱昂纳多微笑着，但觉得一颗心提到了嗓子眼。这不是暗示，不是在脖子上亲吻，而是在要被绞死的人的绳索上抹肥皂。

"但是，如果您拒绝，您将给我理由相信，我对您的信任是错误的。昨晚，您被法国大使的随从殴打。您知道他们为什么要这样做吗？"

"是的，大人，我知道。他们想要我的笔记本。"

"他们想要您的笔记本？"

"是的，大人。在前几天，他们已经做过一次笨拙的尝试。现在我想起来，可能还有过第二次。"

"为什么他们想要这个笔记本？这个笔记本为什么如此重要？里面写着什么？"

"除了我以外，对其他任何人来说并不重要。"

"那为什么其他人还是想要得到它呢？"

"大人，您对我的要求太高了。我不可能知道别人是怎么想的。"

"您说得对，莱昂纳多。既然这样，我告诉您吧。在奥尔良公爵路易的唆使下，法国大使相信您在笔记本中隐藏了秘密武器的设计，一种用来守卫城市的军事自动机械装置。"

莱昂纳多微笑着摇了摇头。

"费拉拉大使贾科莫·特洛狄认为，它包含了将贱金属转化为黄金的秘密，这就是公国如此富裕的原因。"

这次，莱昂纳多大笑起来。"大人，将贱金属转变为黄金这种事我是想都没想过的，更不要说在上面浪费时间。我很久以前就明白，永动机和迈达斯国王的梦想都是童话故事，我对这些一点都不关心。"莱昂纳多调整了一下坐在床上的姿势，让自己坐得更舒服些，想以此来减轻他的不安，"但我更关心的是大人的想法。在大人看来，我的这个私人笔记本里可能有什么？"

"这就是我来这里的原因，莱昂纳多。如果我想的是错的，那么它会令我觉得羞愧；但如果是真的，那么它将给您带来莫大的耻辱。我不想告诉您。但我希望您能展示给我看。"

"如果大人同意告诉我，您希望从中找到什么，或者希望不要找到什么，我将向大人展示，而且只有您才能看到。"

卢多维科望向窗外，轻声低语道："我希望不要找到本齐奥·赛里斯托里或者其他佛罗伦萨银行家签署的信用证，供您或者您工作室的其他成员用来造假的信用证。"

莱昂纳多呆了半晌。然后，他慢慢地拉开束腰外衣的皮带，松开带扣。接着，他又缓慢地把手伸进衬衫和身体之间，掏出一本小小的但很厚的笔记本。笔记本里面夹满了纸张，其中的一些纸特别泛黄。

"如您所愿，大人。"

卢多维科伸手接过笔记本。但是，在他准备翻开之前，莱昂纳多又开腔了："您是以米兰君主的身份向我要这个笔记本的，大人，而不是作为我的赞助人。您做了一个重要的区分，我希望在您开始看之前，也做一个关于自己的区分。"

莱昂纳多小心翼翼地抚摸着卢多维科拿在手中的笔记本，动作轻柔得就像一位母亲为她抱在老姨妈怀里的新生婴儿整理毯子。

"作为米兰的领主，您欢迎我。作为赞助人，在看了我的自荐信后，您给予了我信任。您在看完我写给您的东西后，再次把您的信任给予了我。现在，您在看我为自己写的东西之前，却已经不信任我了。"

莱昂纳多用手往床上一撑，在卢多维科·伊尔·莫罗面前站了起来。

"大人，作为一名公民，我相信您能秉公执法，并且意识到每个人身上的优点和缺点是各占一半的。卢多维科，我相信您会明白，身为一名艺术家，我是一个自由人，我委身于一个赞助人不仅仅是因为他赏识我的能力，而且也在于他能用真实的尺度衡量并且认可我的作品。"

然后，他小心翼翼地掀起卢多维科手中笔记本的封面，把它打开。

笔记本里面有不寻常的东西——信件。

不是信用证，而是真正的信件。日期在开头，签名在结尾。像莱昂纳多平日写的信一样画满了图画。

但是……

"但是它们是从右到左书写的。"

"这是我一贯的书写方式。"

"那么这些是您的信件？ 您的信件草稿？"

"大人，在您看的时候我会给您解释。这里，从这面镜子里看。如果您需要一盏灯，我马上给您拿。"

* * *

"他们在上面待了多久了？"

"将近两个小时。"

这天早上，卡特丽娜吞咽了将近两升的口水。米兰领主到了她家里，这样的事不是每天都能遇上的。但是意识到这位米兰领主是为她的儿子来的，而且可能会带走她的儿子，还有，在她的厨房里候着的四名武装警卫可能正是因为这个原因而来，她不禁忧心忡忡起来。

最终，门打开了。

卢多维科·伊尔·莫罗是第一个出来的人，他脸上的表情真的很吓人。他显然很失望，但不只是失望，他很生气。在他身后是莱昂纳多。他显然很担心和歉疚，但担心甚于歉疚。

卢多维科慢慢地走下楼梯。他等着莱昂纳多也走到楼下，然后才开口说话。

"您让我失望了，莱昂纳多。您又一次让我失望了。您知道吗？"

"我知道，大人。"

"那好。我们走吧。我想尽快结束这件事。"

他向警卫做了个手势，就出发了。警卫围在莱昂纳多周围。

"发生了什么事，大人？"

"您的儿子必须跟我来，卡特丽娜夫人。"

"您要逮捕他？"

卢多维科转过身来。这是那天他头一次笑。"绝对不是，卡特丽娜夫人。我需要您的儿子做证人。在一个法律诉讼案件中，他对我至关重要。他最迟今天晚上就能回家。"

十二加一（这栋房子的主人非常迷信）

　　一般人都不喜欢到议事厅来，这里既阴暗又压抑，给人冷飕飕、心慌慌的感觉，其实这正是设计人想要达到的效果。所以，任何进来寻求帮助或者要求伸张正义的人都不会浪费时间在这里闲聊。而在由卢多维科·伊尔·莫罗主持的秘密议会上，所有遭质问的人都会感受到强大的震慑力，然后通常会乖乖地提供一份令人满意的供词。在文艺复兴时期，世界各地的法院都喜欢这种供词。无论如何，进来这个议事厅没有人会感觉愉快。

　　此刻待在议事厅的人，有的甚至搞不清楚为什么会被传唤来，这就更令人惴惴不安了。也不知道是怎么回事，今天来议事厅的人还真不少，而且各色人等都有。

　　美第奇银行米兰分行行长阿切利托·波尔提纳里，他作为上诉人，起诉了几名他认为持有假信用证的人。

　　克雷蒙特·乌尔奇奥、坎迪多·贝尔通内、里切多·纳尼皮耶里、阿德马罗·科斯坦特都是这些信用证的持有者，阿切利托把他们告到了议会。但他们几个却声称自己应该是原告，希望正义得到伸张，因为波尔提纳里拒绝支付他们人手一份的信用证上所标明的金额——总额达到5000达克特金币，这可不是个小数目。

狄奥达托·达·锡耶纳神父和他门下的艾里乔·达·瓦拉米斯达教士。实际上，后者是贝尔贡齐奥·博塔建议传唤的。艾里乔教士作为本票和信用证方面的专家，其实还是一名前银行家，他是在前往米兰的路上皈依耶稣埃特会的。他为了不再从事金融管理的业务而搬到米兰来，这与其说是很罕见的，还不如说是绝无仅有的。狄奥达托神父在这儿只是为了陪他，如果让他门下的教士独自一人来这里面对那么多人，他说话时自己也不在场，这似乎不大妥当。

其他的就是议员了。这次坐在议员席的有七个人，而不是通常的六个，因为莱昂纳多·达芬奇也坐在他们当中，显得格格不入。

＊ ＊ ＊

"好了。阿切利托先生，您声称这几位先生带来的信用证都是伪造的，而且也陈述了您的理由。"卢多维科转向他的左边，"而你们几位，你们坚持说这些信用证是真的，是由本齐奥·赛里斯托里本人亲自在信用证上所显示的日期签署的。你们能确认自己的陈述吗？"

"我确认。"乌尔奇奥说道。他是一个红头发、个子矮小的男人，满脸长痘。

"我确认。"贝尔通内随声应道。他是一个又高又健壮的年轻人，带有浓厚的锡耶纳口音。

"我确认，上帝是我的见证人。"纳尼皮耶里说道。他是个结实的家伙，长期在织布机上工作使他弯腰驼背。

"我确认。"最后一句回答来自阿德马罗·科斯坦特。他很瘦，四十岁左右。他蛋白质的主要来源很可能是他右手的指

219

甲，因为自从进来以后，他没有一秒钟停止过啃咬他的指甲。

"艾里乔教士，您对此有何看法？"

艾里乔教士是一个头几乎全秃的矮个子男人，但有一簇像死老鼠颜色的头发从他的额头上冒了出来，而且无限延伸。他先点了几次头，似乎在提醒自己，准备说的东西都是确凿无误的，然后才开腔，声音像蜘蛛网线一样细。

"这些信用证都写在非常精美的佛罗伦萨纸张上，和我以前在美第奇银行办理兑换业务时所使用的那种纸张是一样的，"他说道，议事厅里的每个人都在认真地听着，"这张信用证是根据银行的规则起草的，包括日期、金额、目的地的汇率估算和目的地银行的说明。我没有理由怀疑它是假的。"

"那我们为什么会在这里？您为什么不把钱给我们呢？是谁怀疑这些信用证是假的，为什么？"

"您说得对，里切多先生，"卢多维科温和地说道，"加莱亚佐，您能解释一下吗？"

"几天前，在城堡的广场上发现了一具尸体，是用暴力致死的。他的名字叫兰巴尔多·奇第，是个画家，出生在米兰。"

"愿和平与他同在，"纳尼皮耶里唐突地说道，"但那跟我们有什么关系？"

"在这个兰巴尔多·奇第的房子里，我和司法大臣找到了铸造假币的设备，还有一张由本齐奥·赛里斯托里签署的信用证，这毫无疑问是伪造的。"

"请原谅我，阁下，"艾里乔教士插话说，"出于好奇，我想知道，您为什么能这么肯定？根据我自己的经验，要证明信用证是伪造的并不容易。在我以前过世俗生活时，有很多次，就算收到可疑的信用证，我也得支付纯金打造的弗洛林金币。"

"这张信用证应该是由本齐奥·赛里斯托里在佛罗伦萨签署的，但是签署日期为6月24日。"

"啊，"艾里乔教士松了一口气，说道，"这样的话，毫无疑问是假的。没有人会在圣约翰盛宴上工作。所以，伪造者绝对不是佛罗伦萨人。尽管这样，如果我可以大胆地……"

"继续，艾里乔教士。"

"您说这个被谋杀的兰巴尔多·奇第据说也是伪造者，对吗？"

"我们相信是的。莱昂纳多先生，对吧？"

莱昂纳多坐在那儿，双手放在膝盖上，缓缓地点了点头："兰巴尔多·奇第在我的工作室工作过几年。我发现他有绘画的天赋，但也领教过他欺诈的手段。他不是个老实人，在我这里拿了真币以后，却用假币支付给我的一个朋友兼客户。后来，在他的房子里发现了这张伪造信用证，一根用于熔化金属的管子和用于铸造假达克特金币的设备。他的卑劣行径是没什么好怀疑的。"

"谢谢您，莱昂纳多先生。"

"很好，"乌尔奇奥带着一种蔑视的神色说，"很好，大人。奇第是一个伪造者。但这与我手上这张日期是6月16日的信用证毫无关系。我可以向您保证，那一天本齐奥·赛里斯托里仍然健在，而且能够写字。"

"完全正确，克雷蒙特先生。6月16日这天，本齐奥·赛里斯托里确实还活着。这一细节很重要，本齐奥先生是7月初才去世的。"

"那有什么理由怀疑我们的信用证是假的呢？"

"您能保证您的信用证一定是真的吗？"

"我保证我的是，千真万确，因为我亲眼看着它起草的，"乌尔奇奥抱怨道，"我不知道其他人的情况，但我看不出有什么值得怀疑的动机。"

"是这样吗？你们的信用证都是真的吗？很好。诸位，我们这座美丽的城市是以信用体系为基础进行运作的。如果这些信用证是真的，我自己可以裁定，阿切利托先生应该用现金给予支付。如果波尔提纳里先生不打算付钱，我会把他关进监狱，然后我会自己支付给你们。波尔提纳里先生，您打算支付这些信用证吗？"

"一分钱也不付。"

"好吧，这样的话，先生们，如果诸位同意，这件事将成为我的责任。阿切利托先生，请过来。"

阿切利托·波尔提纳里走了过去，站在卢多维科·伊尔·莫罗面前。卢多维科开始在一张雪白的纸上写些什么，写完后，他将那张纸递给波尔提纳里，并郑重地说道：

"根据声明的条件，我在此宣布承担您对今天在场的这几位先生的债务。"

阿切利托看了看那张纸，脸唰地涨红了，不一会儿又恢复了正常。

"但是大人不能……"

"您最好签字，阿切利托先生，这是为了您好。"

阿切利托·波尔提纳里默默地签了字，手中的羽毛笔在颤抖。那四个人相互望来望去，目光闪闪烁烁的。签完字，卢多维科把总管喊进来，把那张纸递给了他。贝纳尔迪诺·达·柯尔特拿起纸，鞠了个躬，不一会儿就消失在门外。

"大人，现在请告诉我们，我们什么时候能拿到钱（vaìni：本意是葡萄酒，俚语是钱）呢？"

"葡萄酒？里切多先生？"

"钱。得了吧，我是说钱。您刚说过您会付钱的，一言九鼎啊。"

"耐心点，里切多先生，"卢多维科平静地说道，"先别急。您看，就像阿切利托·波尔提纳里昨天向我详细解释过的那样，也像艾里乔教士所证实的那样，通常最好的做法是：银行支付伪造的信用证，而不是花钱让特使冒着生命危险去核实信用证的真实性。"

卢多维科摊开双手。

"但是，银行不去做的事，我打算做，而且必须做。我不能用公国的钱，也就是纳税人的钱，去支付伪造的信用证。像您刚才看见的，我让贝纳尔迪诺拿走一张由阿切利托·波尔提纳里签署的文件。"

"您承诺帮他支付的那张纸。"克雷蒙特·乌尔奇奥说道。

"不，克雷蒙特先生。那并不是纸上写的东西。"

克雷蒙特·乌尔奇奥看了看波尔提纳里，后者垂下了眼睛，他又把目光转向卢多维科。

"实际上，我写的是检查账目记录的要求。签名是必须的，这才能代表米兰公国摄政王卢多维科，同时也经美第奇银行在米兰代表的许可和批准，到佛罗伦萨美第奇银行调取本齐奥·赛里斯托里的账户登记簿。"

卢多维科指了指总管离开的那扇门。

"像我们说的，贝纳尔迪诺读了指示后，正在安排特使带着签字的许可证前往佛罗伦萨。特使最迟不超过一周回来。在此期间，你们将是我的客人。"

卢多维科向加莱亚佐·山赛维利诺做了个手势。后者对卫兵队长也做了个手势。

原来站在卢多维科椅子旁边的卫兵们离开岗位走了过去，像看守被告一样把那四个人围了起来。

* * *

"正如莱昂纳多先生之前解释过的，他很了解兰巴尔多·奇第，这一点毋庸置疑。"

在卫兵们都就位后，卢多维科又换了一种语气说话："不过，这里还有别的人认识他，而且也很了解他的技艺和才能。我说得对吗，狄奥达托神父？"

狄奥达托神父平静地看着卢多维科："您是说我？"

"对。狄奥达托神父，您，就是您。"

"我想您搞错了，"狄奥达托神父很沉着地回答，"我从来没有和您提到的那位先生有过任何接触。"

"真的？您同意神父的说法吗，莱昂纳多先生？"

"我不同意，大人，"莱昂纳多平心静气地说道，"尽管他在我面前也否认过。但是我有确凿的证据，很明显的证据，证明狄奥达托神父认识兰巴尔多·奇第。"

"真的？那么这些证据在哪里呢？"

"在您修道院饭厅的墙上，尊贵的神父。是兰巴尔多·奇第为壁龛绘制了壁画。我认出了他的手笔。"莱昂纳多边说边站起身来，但不是为了展示他的身高，像卢多维科经常做的那样，而是为了缓解紧张的情绪，"我的工作室里有几十名学徒，我可以认出每个人的笔法，他们笔刷的重量，对特定颜色组合的趋向，还有他们的手发力时紧张和松弛力度之间的比例，尤其是像兰巴尔多·奇第这样有才华的人。所以，我想知道为什么他曾为您工作，而您却声称不认识他。"

"这就是您所谓的证据吗，大人阁下？根据一名画家艺术上的表现来判断？他还声称能雕刻出我们至今仍没见过的巨型铜马像呢。"

当有人对我们作出具体的指控，而我们以人身攻击来回应时，这往往意味着我们没有任何反驳的论据。在几个世纪之后，阿图尔·叔本华才在哲学理论中将这种观点正式阐述出来，但是卢多维科早已掌握了这种观点。

"是的，我知道，狄奥达托神父。对我来说，莱昂纳多在绘画方面的造诣是不容置疑的。但是我不想把我的观点强加于你。艾里乔教士，我想您有随身带着修道院的财务登记簿吧？"

"是的，大人，我按您的要求带来了。"

卢多维科伸出手，接过艾里乔教士递给他的那个大本子。卢多维科把本子放在膝盖上，小心翼翼地打开来，开始用手指顺着纸页向下移动。

在学校里，招摇地打开登记册总是会引起学生一定程度上的不安。此刻，狄奥达托神父当然不是一个学生，但很明显的是，由于卢多维科的举动，耶稣会首领的脸色变得苍白，他的双手交叉放在白色的衣服上，紧紧握住他的皮带。

"这儿，狄奥达托神父，您能向我解释一下？今年7月20日，您叫艾里乔教士付给兰巴尔多·奇第15个达克特金币，让他为您饭厅里的壁龛绘制壁画？"

"我记不起他的名字了，"狄奥达托神父说道，尽量让自己的声音保持镇定，但并没能成功，"您知道，我见过那么多人。"

"我知道，我知道，您认识很多人。"卢多维科边说边平静地继续翻阅财务登记簿，"您的修道院是有名气的颜料生产商，而您本人则是雍容文雅且知书识礼。像您这样的人一定会认识很多人。比方说，您认识一个名叫乔凡尼·巴拉齐奥的人吗？"

"不……我不认识……"

"真的吗？狄奥达托神父，对于一个读书人来说，您的记忆力太不靠谱了。"卢多维科用一根手指指着财务登记簿上他之前翻到的那一页的背面，"这里说的是，您在8月1日发出指令，向某'乔·巴拉齐奥，羊毛商'支付1000达克特金币。狄奥达托神父，您买过值1000达克特金币的羊毛布料吗，还是您不记得了？"

狄奥达托神父没有回答。他低垂着眼睛，双手紧绷，在皮带上颤抖着，一声不吭，很显然他不会回答的。

卢多维科从财务登记簿上抬起头来，看着艾里乔教士："艾里乔教士，您能帮我解释一下吗？"

艾里乔教士并不傻。他用求助的目光望向神父，但是没得到回应，于是他用比之前更加尖细的声音说道："大人，买的不是羊毛。乔凡尼·巴拉齐奥先生拿着价值1000弗洛林金币的信用证来找我们。他对这种银行票据不太熟悉。他听说签署这张信用证的银行家已经去世了，所以担心银行家的死亡可能令信用证失效。我向神父解释说，情况并不是这样，我们可以按法定比价，而不是按汇率来购买巴拉齐奥的这张信用证，也就是以1000达克特金币兑换1000弗洛林金币，这是一笔好交易。然后让信用证的持有人到阿切利托先生的银行去兑换。所以我给巴拉齐奥支付了1000达克特金币，得到了这张信用证并交给了神父。神父说他会亲自去处理。"

"阿切利托先生……"

"从来没有！我从来没有兑换过来自乔凡尼·巴拉齐奥的信用证，也从未支付给圣杰罗姆耶稣埃特会修道院的狄奥达托神父。"

"您确定吗？"

"是的，我确定，我已经为您准备好我带来的登记簿！"

"我相信您，阿切利托先生。请把登记簿拿来，这样我们才能妥善地调查，找出事实。但我绝对相信您，因为我确信这张信用证从来没有被拿走或者兑换过，它在狄奥达托·达·锡耶纳神父手中停留了一段时间，然后神父把它交给了兰巴尔多·奇第，作为制作假信用证的模板。伪造的信用证交给了我面前的这几位绅士，这样你们就可以拿着假信用证到波尔提纳里先生的银行去兑现了。"卢多维科缓慢而庄严地从椅子上站起来，"先生们，我再说一遍刚才我给你们的提议。此时此

227

刻，我的特使正在赶往佛罗伦萨，去拿本齐奥·赛里斯托里的账户登记簿。最多不超过一周，他就会把这些记录带回来。这些记录将由阿切利托·波尔提纳里先生进行检查和确认。你们中第一个坦白的人可以在提供了完整的解释后立即离开这个地方。而其他人……任何使用假币或假信用证的人所得到的判决都是在手腕处切断双手。"

* * *

房间里的气氛令人窒息，经过数秒难以描述的沉寂后，里切多·纳尼皮耶里举起了手。

"大人……"

"您说，里切多先生。"

"我拿到的银行信用证是狄奥达托·达·锡耶纳神父9月15日给我的。"

"您付了多少钱？"

"30达克特金币，大人。"

"这听起来很划算。在把信用证给您之后，狄奥达托神父还跟您说了些什么？"

"他说我应该在大人您离开后，10月的最后一天，才兑换它。"

"那您为什么今天就兑换它？"

"因为他是个白痴！"狄奥达托神父气炸了。

* * *

"因为兰巴尔多·奇第死后，围绕他的死因展开了调查，我担心会有人发现这些伪造的信用证，所以把奇第的住处翻了个底朝天，想销毁证据，但是一无所获。"

狄奥达托神父因为愤怒而颤抖着，脖子上的青筋暴起，涨得像藤蔓一般粗。

"但是后来，在伯爵夫人家里，我听莱昂纳多说发现了一张伪造的信用证，我的心凉了半截。事情已经败露，所有一切都破灭了。之前的计划不可能再顺利完成，这实在太冒险了。但是，这个白痴，这些白痴，还硬要从中捞好处。他们决定不顾一切提前兑换，然后还想把这些赃钱藏到托斯卡纳去。你们这帮白痴！全部都是白痴！"

狄奥达托神父深深地吸了一口气。

"后来，莱昂纳多到修道院来看我，我看见他在看壁画，他还问起我是否认识兰巴尔多·奇第。在那时我就意识到，意识到他已经知道了。"

议事厅里的所有人都转向莱昂纳多。他摊开双手，以抱歉的语气说道：

"树的每节分枝都连接着树干，狄奥达托神父。我有两节分枝。一节分枝是乔凡尼·巴拉齐奥，他经常到切奇利娅·贝尔加米尼伯爵夫人家里拜访；另一节是兰巴尔多·奇第，他制造了假信用证。这两人都死于谋杀。两人之间有什么关联？他们的共同点在于：一个他们都认识的人？那就是您，狄奥达托神父。您经常做客卡尔玛尼奥拉宫，伯爵夫人将不幸的乔凡尼·巴拉齐奥介绍给您。当时，由于缺乏经验，他认为他的一笔大额信用证款项可能无法兑现。而您，作为圣杰罗姆耶稣埃特会首领，您修道院的壁画是由兰巴尔多·奇第绘制的。当阿切利托先生告诉我乔凡尼·巴拉齐奥被谋杀了，我才想明白为什么您否认认识奇第。而且，在回想了您对我说过的话之后，

229

我意识到发生了什么。"

"但是莱昂纳多先生……"加莱亚佐·山赛维利诺的声音略带疑惑，一副涉世不深的样子。

"您请说，将军。"

"我还是弄不明白事情的来龙去脉。为什么狄奥达托神父把这些信用证卖得这么便宜呢？"

"啊，很简单。这可能是奇第为他的伪造信用证所设定的价格。按我对狄奥达托神父的了解，那就是他的准则，对吧？他并不想从中获利。"

"那他能得到什么呢？哪个伪造者不想从中获利？"

"但是我们这里要谈论的不是伪造者，而是阴谋家，将军。"

＊＊＊

"阴谋家？"

"阿切利托先生，您曾经向我解释过，开银行就像变戏法。您贷款给他人，收取15%的利息；让他人在您这存款，给予12%的利息。是这样吗？"

"是的。"

"您的营业额是多少？大约30万达克特金币？我说得对吗？"

"是的，没错。"

"您的资金有多少？您有多少现金储备？五万达克特金币，对吗？"

阿切利托·波尔提纳里擦了擦额头，额头上满是汗珠。"不完全对。目前大约有三万达克特金币，将近吧。"

"如果您所有的受托人，所有在您这里存款赚取利息的人，都在同一天出现在银行，要求收回他们的资金，那会发生什么？"莱昂纳多的声音温和但却令人窘迫。

"我不可能给他们。我没有足够的资金。"

"这样您就要破产了。"莱昂纳多近乎在提示。

"是的，但不只是我。正如我告诉过您的那样，莱昂纳多，我的银行是米兰最重要的银行。客户除了卢多维科大人以外，还有批发商、毛制品梳理商、金属产业者、织布从业者、葡萄酒种植者。如果没有钱，他们将无法购买所需的物资，也无法支付工人的工资。这将会是一场灾难。它会……"

"那告诉我，如何说服所有存款者赶到银行取钱呢？"

"如果有传言说账单会被延迟结算，那就会发生这种情况，因为到那时每个人都会意识到我没有那么多的现金储备。"

"那接下来会发生什么？"

"一场危机，莱昂纳多，一场危机。如果资金停止流通，一切都会崩溃。几乎可以肯定会有一场暴乱。"

* * *

"我们的理解正确吗，狄奥达托神父？那是您的意图吗？"

狄奥达托神父不再颤抖了。他现在很平静，近乎认命了。"您也听到了。没有钱，一切都会崩溃。没有钱，一切都会衰败并且毁灭。因为钱没有价值！价值是永恒的，不变的，而金钱却是不确定的，它会波动，它会像风帆一样鼓起或瘪掉，而坐上帆船的人并不知道自己要去哪里，或者他最终的归宿在哪里。要出海，要旅行，要正确航行，必须仰望永恒的星星。要找到人生的方向，就必须仰望上帝，只需要仰望他一个人就行了。"

狄奥达托神父看着莱昂纳多，好像他要为所发生的事情负全部责任。

"我们确信，人是衡量一切事物的尺度。但是为了衡量事物，要知道它们的价值，我们必须用某些东西来购买它们。我们需要一种真正的货币来衡量它们，这样我们才能评估它们的价值，而衡量它们的唯一有效的货币就是上帝！"

狄奥达托神父的声音仍然低沉，但他变得愤怒起来，仿佛正在谴责自己受到的不公正遭遇。

莱昂纳多看上去对神父的说辞不以为然，他扬了扬眉毛说："狄奥达托神父，您是说，为了评估某些东西的价值，我们需要一个参照点、一个标准来衡量我们所评估的东西。但是，人类怎么才能参照上帝来评价有限的事物？上帝从本质上说是无限的。如果我们谈论的是长度，无限的拇指不会比无限的手掌短，无限的手掌也不会比无限的手臂短。如果我们谈论的是钱，无限的里拉不会比无限的达克特金币少。人类的智慧只能通过衡量等于、小于或大于其自身的尺度标准来评估一件事物的价值。但是，当涉及上帝的无限扩展时，一个人不能拿自己与上帝对比衡量，而只能顺从。另一方面，人可以用金钱来比较事物，因为我们都是以同样的方式对这件事物进行估价的。"

莱昂纳多指着自己衣服的袖子，用左手的拇指和食指轻轻地拉了拉。

"神父，我的衣服是什么颜色的？是粉红色的，对吧？我们怎么能确定它是粉红色的呢？因为我们都认同它是同一种颜色，而且如果我们看到这种颜色的一个物体，就会识别出它。从来没有人认为粉红色的衣服是粉红色的，而粉红色的纸是绿色的。金钱也是如此。金钱得到世界上所有人的共识。我们都同意，一达克特金币的价值就是一达克特。这使它成为一个数值，就像手掌的长度一样。"

狄奥达托神父怒气冲冲地抬起下巴："这是一个错误的价值！否则，为什么我可以用邪恶的手段来获得金钱，例如谋杀或偷窃？金钱会奖励您采取任何行动，无论是好是坏。但金钱应该是手段，而不是目的。我们不能凭我们赚到的钱去获知我们应该追寻的方向！但是，或许通过展示金钱真实的本质，谬误的本质，人们就能理解！他们会转向真正的货币，真正的价值，那就是上帝的圣言！"

莱昂纳多看着狄奥达托神父，仿佛只有他自己才可以看透一些东西。他的眼睛、他的脖子、他的手、他的衣服、他的瞳孔都在做快速的、几乎令人觉察不到的运动。几秒钟后，莱昂纳多严肃地看着神父。

"那将会导致死亡和毁灭。您想到了吗？"

"上帝也毁灭了所多玛和蛾摩拉，来传达他的圣意。"

"您是上帝吗？狄奥达托神父，我看着您，我看到的是两条腿、两只胳膊和一个头。您是一个像我一样的人。而且您表现得就像一个人。"

"像一个人，但受上帝圣言的指引。"

"像一个人而别无其他，我会证明给您看。"

莱昂纳多转过身来，手掌朝上，指向他的佛罗伦萨同胞。

"现在，阿切利托先生，您赢得了胜利。通过他们的认罪，这些信用证已经毫无疑问地被断定为伪造。您为什么还如此沮丧？"

所有在场的人都聚精会神地听着莱昂纳多和狄奥达托神父之间的对质，有点如痴如醉，现在全转向了银行家。阿切利托·波尔提纳里脸色苍白，额头上溢满汗珠，嘴角边还有两小串白色的唾液。他看上去丝毫不像个胜利者，而像一个受到致命打击的人。

"因为我……"阿切利托看着卢多维科，后者坐在那里，不怒而威，"大人，我……"

"在您负债的客户当中，在您发放贷款的客户当中，包括了米兰最有声望、最负盛名的商人和群体。狄奥达托神父也是其中之一吗？"

"是的，莱昂纳多先生，他当然是其中之一。"

"您借给他多少钱？"

"一万达克特金币。一万达克特金币，如果……"

如果您将狄奥达托神父判处死刑，那我将永远拿不回这笔钱：阿切利托·波尔提纳里用他的眼睛完成了这句话，他转向米兰领主，用眼神恳求他。卢多维科摇了摇头，确认了狄奥达托神父的命运，以及那一万达克特金币的命运。

"狄奥达托神父，我情不自禁地想到，如果您导致阿切利托·波尔提纳里破产，您也免除了您的债务。"卢多维科的声音坚定而又清晰，空气似乎随之震动，"您声称自己如此鄙视金钱，却毫不犹豫地借了一万达克特金币。狄奥达托神父，您将上帝作为准绳，但让我告诉您，您比一个普通人还要渺小得多。"

然后，他并没有改变他眼睛注视的方向，但他的声音改变了。

"莱昂纳多大师，请接受我的敬意和道歉。"

莱昂纳多抬起头望向卢多维科。他的目光疲倦，但很平静："我很乐意为您效劳，大人。如果您允许，我先行告退回家。"

"如您所愿，莱昂纳多大师。"

"请原谅，我……"

里切多·纳尼皮耶里站在其他人中间，举起他的手指，试图引起人们的注意。

"里切多·纳尼皮耶里先生，您有什么要求吗？"

"呃，我已经认罪了，大人。您保证过，只要我提供了完整的解释，您就会让我离开这里。现在莱昂纳多先生要离开了，我也可以走了吧……"

卢多维科猛然拍了拍自己的额头："是的，这当然，我真是健忘。卫兵队长，马上带里切多先生去见刽子手。让他们把他的双手从手腕处砍下来，然后立刻把他扔出我的城堡。"

"但是……但是……大人答应过……"

"您一认罪就释放您。但我从来没有说过您会完整无缺地回家。"

十二加一又二分一（见上文）

可以说，从圣纳扎里奥区穿行而过的这群人非常奇怪。

四个手持利剑、身穿锁子甲的卫士簇拥着两个正在平静交谈的人。其中一人身材高挑，穿着深色布衣服；另一人中等身材，金发，胡须修剪得整整齐齐，穿着一身无可挑剔的粉红色衣服。

"告诉我，您是如何准确找到这个人的呢？"加莱亚佐·山赛维利诺环顾四周。

幸运的是，这条街上几乎空无一人。

从城堡后面的木桥秘密地离开后，两人穿过库萨尼区，一直走到与罗维洛区的交界处，然后来到了一条狭窄的街道，即圣纳扎里奥·阿拉·皮耶特拉桑塔区。前往他们要去的地方，最好是穿过索拉塔区，这一区地势更宽阔而且照明更好，就像其名字所暗示的那样，这里会更显眼，但这是莱昂纳多和加莱亚佐都不想要的。

"是这样的，将军，我注意到有好几次，就是我们现在要去的房子，在那里进行过的谈话和第二天，甚至是同一天发生的事情都有着特定的联系。"

"我明白了。所以每当你提到兰巴尔多·奇第之死的时候……"

"……与此事有关联的人身上就立刻会发生一些事情。每次在切奇利娅伯爵夫人家里谈论过这件事后，都有事情发生。"

＊＊＊

"不能在您家里，伯爵夫人。我不能来您家跟您说我要告诉您的事情。或者更准确地说，是我要问您一些想问的事情。"

"对我而言，您的每一个愿望都是邀请，大人。"切奇利娅·加莱拉尼低下头说，但她的眼睛却望着伊尔·莫罗。她那双曾经充满爱意的眼睛，如今却发出审视的光芒。

"不要再提了。伯爵夫人，您要知道……"

"曾几何时，您是用我的名字来称呼我的，大人。"

"切奇利娅，那时我还没有结婚。但现在我是有妻室的人了，我的妻子，我儿子埃尔科莱·马克西米利安的母亲，她是非常容易嫉妒的人。"

"我领教过了。"切奇利娅回答道。她的目光转向了外面的庭院，不知道她是不是在看罗切塔楼——那是她曾经的住所，还是在看东边窗户上那块崭新的布帘。"我认为您应该给予她应得的尊重。毕竟，我们正在谈论的是未来的米兰公爵夫人。"

"您对您丈夫贝尔加米尼伯爵也应该给予同样的尊重。他现在在哪里？"

"在乡下，在克罗塞的圣乔瓦尼，大人。"

"接下来的几个月，您可以和他待在一起，这不算个坏主意吧？"

"您的意思是我应该去找他还是让他回来？"

"去他那儿，伯爵夫人。我相信乡下的空气对您和小切萨雷很有好处。哦，对了，伯爵夫人，我还有一件事要告诉您。这是我要求在城堡里和您谈话的第二个原因。"

"关于我的丈夫？"

"关于您的房子，伯爵夫人。"

* * *

"有两次，我去那的时候，都碰巧提到了武装广场的不幸事件和奇第的死。第一次，我说起那个家伙是怎么被杀死的，说到他并非死于触犯天威或者什么疾病。第二次，我告诉伯爵夫人我知道死者的名字，并把他和伪造信用证的事联系起来。如果您还记得的话，那天我和博塔一起去了城堡，提供了一些我认识的人的名字，这些人与不幸的本齐奥·赛里斯托里有过业务往来。"

"我记得。博塔告诉我，您也提到了乔凡尼·巴拉齐奥。"

"您的记忆力很好，将军。您看，让我震惊的是，在我和贝尔加米尼伯爵夫人提到乔凡尼·巴拉齐奥，而伯爵夫人告诉我她把巴拉齐奥介绍给了狄奥达托神父之后，那个可怜的巴拉齐奥就在同一天晚上被谋杀了。显然是为了阻止他说出些什么来。他是这张信用证的唯一目击证人，一张没有兑现的信用证。这样一来，狄奥达托神父可以轻易地说巴拉齐奥从来没有找过他。"

"您是说杀兰巴尔多·奇第的是同一个人？"

莱昂纳多严肃地摇了摇头，尽管他正走得飞快。"不是同一个人，但他们有着同样的想法。有两个杀人犯，杀死兰巴尔多的不是狄奥达托神父。"

正走着，莱昂纳多绊到了一块石头，几乎失去了平衡。但很快他又恢复了之前的步伐节奏，继续说道：

"起初，我以为奇第是被迫穿上紧身的盔甲，然后遭挤压，直到他的灵魂跟随着空气一起被驱逐出去。但是后来我意识到，说服一个人违背自己的意愿穿上盔甲或强迫他穿盔甲并不是一件容易的事。但是，也有一种更容易的方法。就跟伯爵夫人和知道内幕的男人在交心谈话时，你躲在门后偷听一样容易。"

莱昂纳多一边继续快步疾走，一边扭头对加莱亚佐说：

"如果那个男人是去某人家里赴一个偷情的约会，那就很容易说服他躲进一个装衣服的箱子里，像个胎儿一样双腿弯曲缩在里头，然后合上箱子往下压，像用钳子似的把他压扁。"

"要做到这一点需要很大的力气，莱昂纳多先生，"加莱亚佐表示反对，"我不知道一个女人做不做得到，尤其是和像奇第这么强壮健康的男人在一起。"

"嗯，她可以做到。她需要的只是一个装有杠杆装置的箱子，这个装置遵循杠杆和滑轮的原理，能使人的力量倍增。只需握住把手，用手臂带动旋转，就能用很小的力气，产生巨大的力量。"

"有这样装置的箱子存在吗，莱昂纳多先生？您确定这个人有这样的箱子吗？"

"我确定，加莱亚佐将军。是我设计制作了这个箱子。它就放在我们马上要进入的房子里。"

　　加莱亚佐和莱昂纳多在门外停了下来，那是卡尔玛尼奥拉宫的后门，切奇利娅·加莱拉尼·贝尔加米尼伯爵夫人的家。莱昂纳多让开位置给他的同伴。

　　"应该您去敲门，将军。"

　　加莱亚佐坚定地走上前去敲响了门。几秒钟后，一个年轻漂亮的女子打开了门。当她看到了加莱亚佐，看到了莱昂纳多，特别是看到了四名卫士后，脸色变得煞白。

　　"伯爵夫人不在家，先生们。"

　　"没关系，特尔希拉小姐。我们是来找你的。"

十四

切奇利娅·加莱拉尼一动不动地站在院子中央。

在她周围的壁画上描绘了米兰近代史上最重要的事件，从费拉拉时代的和平盛世到弗朗切斯科·斯福尔扎的婚礼。

莱昂纳多站在她身边，耐心地向她解释，壁画上的两位伟人是如何在这座城市的历史中发挥了积极作用，尽管不太可能会有人在壁画上写下自己的观点和评论。我们知道，对于绘制壁画的画家来说，历史是由战争或征服与被征服构成的。但那些画家和征战的将军们一样，不曾记得战争其实是由历史学家来评定输赢的，就如大约450年后，或许会有人站在我们书中角色此刻所处位置的附近发表评论一样。

"我知道特尔希拉和狄奥达托神父对彼此有好感，但我实在难以相信他会让她做这样的事。"

"所以您是知道的？"

"我知道，但也不知道。"

切奇利娅双手叠放在膝前。切奇利娅·加莱拉尼·贝尔加米尼伯爵夫人才刚满20岁，但从她的行为举止和谈话方式来看，她似乎已经历尽沧桑，饱经世故。

"特尔希拉的家几年前被博塔毁了。如果那些拥有大片土地的人不按规定让出自己的土地，他们将面临沉重的税赋。洪水泛滥，庄稼被毁，种子腐烂。但博塔和公国政府仍然要收他们的税，这等于把她的嫁妆抢走了。我之所以接受她，是因为我在她身上的许多地方看到了自己的影子。我们都是提前过期的商品。"

切奇利娅环顾四周，仿佛她不配得到她现在所拥有的，她也不想要。

"在我16岁的时候，我爱上了伊尔·莫罗，他也用爱来回报我。莱昂纳多先生，因为我没有足够的嫁妆，我的婚约被取消，我差点被送去当修女。女人的生活一点不容易，即使是在年轻的时候。接着，我们变老了，不再受关注，甚至被当作累赘。"

莱昂纳多严肃地点点头，看着门廊。"但伊尔·莫罗对您并没有像狄奥达托神父对特尔希拉那样，他让她去杀人。他自己也杀死了可怜的巴拉齐奥。巴拉齐奥信任狄奥达托神父，他认为是神父帮助自己摆脱了困境。"

"伊尔·莫罗和您相处得怎么样，莱昂纳多？您是如何设法重新获得他的信任的？"

莱昂纳多继续看着他们周围墙壁上绘制的关于米兰的历史故事。"我不喜欢壁画，"过了一会儿，他才说道，"它不允许您纠正和修改错误。但我们所有人都会犯错。我可能永远都不会画壁画。虽然有人邀请过我，但我不知道该不该接受。"

"您也会犯错？"

"经常，伯爵夫人，经常有的事。但是我把这些错误藏了起来，除了我自己之外没人能发现。只有伊尔·莫罗偶然发现了我的一个错误。"

"什么错误，莱昂纳多？"切奇利娅疑惑地问。

"以他的观点，最严重的错误是骑士雕像。"

"那匹马？"

"对，那匹马，伯爵夫人。我错误估算了铸造马匹所需的青铜量。如果按照我的计算，那匹马是站不起来的。就像我所说，伊尔·莫罗是看了我的笔记本之后发现的。具有讽刺意味的是，黏土模型已经完成了……"莱昂纳多叹了口气，"我必须从头再来。"

* * *

"请给我解释一下您的推理，"切奇利娅精明地改变了话题，似乎她是这方面的高手，"您必须原谅我，但特尔希拉已经来我家两年了，我无法理解您为什么会怀疑她。是什么让您想到是她呢？"

"事实上，伯爵夫人，我一开始就认为凶手是一个女人。您看，困扰加莱亚佐先生的问题是：为什么要在武装广场的中间抛弃奇第的尸体？而困扰我的是：是怎么干的？怎么能有人在没人注意到的情况下把这样的东西扔掉？我判断，如果尸体是用马车来运输的话，那就具有可能性。"

"但卢多维科的守卫是不会随便让一辆马车进入城堡的……"切奇利娅说道，然后突然打住。她豁然开朗。

"没错。不是随便一辆马车。仅有几辆。比如说您的，一辆像您那样的马车，由一个漂亮的女孩驾驶。在黑暗中，她看起来甚至有点像您，这可能是促使人们睁一只眼闭一只眼的原因。加莱拉尼伯爵夫人随时都可以到城堡来，大人永远都会接待她，所以最好假装没看见她进来，您不觉得是这样吗？"

切奇利娅缓缓地点点头，两个人继续在院子里来回走动。

"这使我意识到这不可能是任意一个女人，而是某一个特定的女人。"莱昂纳多用左手食指指向右手手掌，"特尔希拉，她有一个我设计的箱子。箱子可以轻松操作，并且在打开和关闭时可以增强力量。我脑海中的图像开始前后一致起来，它们像石头聚集在一起搭成了一个拱形，而不是一堆。然后，我继续推断'为什么'，在确定'如何'的基础上推断，把它们整合在脑海中。"

莱昂纳多停了下来。

"'为什么'对我来说并不清晰，直到我明白了狄奥达托神父的意图，或者说是某个人企图通过他达到的意图——去引发一场金融危机，一场金钱的危机。更抽象地说，是挑起危机并使米兰自我沦落，万劫不复。任何令人产生恐惧感的事物都会助长危机的滋生。就像神灵的愤怒，或者瘟疫的可能性，或者更糟糕的是，一种我们还不认识的疾病。"莱昂纳多张开双臂，"这就是为什么兰巴尔多·奇第的尸体被扔在城堡里的原因。鉴于安布罗基奥大师对医学不明所以，一个死因不明的男人的尸体更加剧了恐惧。这就是为什么，兰巴尔多一死……"

"对不起，莱昂纳多，我还要问您这个问题。为什么要杀了他？"

"为了安全起见。作为他的同谋，这是必要的，伯爵夫人。兰巴尔多·奇第在他被谋杀的前一天曾要求拜见伊尔·莫罗。他可能是希望通过认罪来挽救自己的生命。他是个熟练的伪造者，但对人心难测、世态炎凉这些方面却显得迷茫、无知和愚蠢。如果他得以和伊尔·莫罗交谈，不仅这一切阴谋会失败，而且阴谋者也会被逮捕、折磨和处死。"

莱昂纳多微微张开双臂。

"狄奥达托神父不知从哪获知了这件事。我猜是通过弗朗切斯科·桑索内神父，方济各会的首领。耶稣埃特会和方济各会常有交流，他们都是贫穷基督的教会，他们的会众群体受到同样崇高的宗旨所驱使，至少在言语上是一致的。"

* * *

"是的，是的，真是一场精彩的辩论，"卡特丽娜说道，在桌子上放了一只肥硕的烤鸡，"我很高兴卢多维科大人向你表示感谢，致以敬意，而且原谅你。但是他什么时候能付钱给我们呢？"

"他已经开始了，卡特丽娜。"萨拉伊边说边递出他的盘子。"哎哟！"他的指关节被猛地敲打了一下。

"长者先来，小贾科莫。莱昂纳多，要我给你切一小块吗？"

"妈妈，你也是炼金术士吗？你是用魔法石，还是靠用手触碰一个南瓜，来得到这只鸡的？或者它是一生下来就等着被宰割的动物？"

"噢，莱昂纳多，你太固执了。小贾科莫，你刚才在说什么？谁开始了？"

"兄弟会的教士们，卡特丽娜。他们今天付钱了。1200里拉归主人，400里拉给安布罗基奥大师。"

"安布罗基奥与这有什么关系？那个傲慢自负，自以为是，把放屁和西南风混为一谈，只会看星星的天文学家？他做了什么？"

"不是安布罗基奥·瓦雷萨·达·罗萨德大师，卡特丽娜，"莱昂纳多说道，"是安布罗基奥·德·普雷迪斯大师，他是我的得力助手，在我为兄弟会的绘画工作中绘制天使。"

"哦，没错。因为你知道，按安布罗基奥·瓦雷萨的说法，这个卑鄙的奇第是在睡觉时死去的。如果你没去那里确认，儿子，确认他不是死于疾病，而是……"

"我想这就是阴谋失败的原因，卡特丽娜。"扎尼诺·达·费拉拉给自己拿了一大块烤鸡肉，放在盘子里，然后开始用刀切起来，"米兰有三十万人。'老好人'狄奥达托神父一定以为只要奇第是被发现死在离自己家很远的地方，就没有人会认出他是谁。他没有想起我们的大师是一个手眼并用的智者。"

"没有屁股落地摔个鼻青眼肿，我已经是非常幸运的了。"莱昂纳多故作严肃地说。

接下来是整整一分钟的欢笑声，那种把心身的全部焦虑都释放出来后，爆发出的笑声。

"即使在最糟糕的时刻，您也能开玩笑，大师，"扎尼诺说道，"这是我羡慕您的另一个地方。"

"我根本不是在开玩笑。你自己说的，扎尼诺，米兰有三十万人口。我从来没有料到会再遇到兰巴尔多·奇第。"

"您立刻就认出了他，大师？"

"不，不是立刻。通过一具僵硬的尸体来认出那个曾经活着的人，通常不容易。但几乎是立刻就认出了。"

"但是您没有马上告诉伊尔·莫罗。"

"没有，我没有。"

莱昂纳多看向萨拉伊，那小子终于把他的盘子装满了，显得好像这次谈话与他无关。奇第并不是先前唯一一个使用假币的人，这个大家都知道。但奇第是个成年人，他是领头的。萨拉伊当时还只是个孩子，但自那以后就成长了。他也受到了足够的惩罚，而且吸取了教训。

莱昂纳多沉默了一会儿，然后摇摇头。

扎尼诺误解了他的沉默："那么，您打算留在米兰继续为伊尔·莫罗效力吗，大师？"

"扎尼诺，你是今天第二个问我这个问题的人。"

"很好，大师。"扎尼诺用餐巾擦了擦嘴，"这意味着您已经想到了答案。"

"是的，扎尼诺。我会像今天早上说的那样回答你：如果你保持独自一人，你将永远属于你自己。"

* * *

"您独自一人吗，大人？"

卢多维科在罗切塔楼自己房间的窗户前呆呆地站着。加莱亚佐·山赛维利诺轻轻但坚定地碰了他一下，他仅仅是把眼睛转过来，但目光仍停留在某处。

"啊，加莱亚佐。来，亲爱的朋友。还好吗？"

"我不确定，大人。我试着把头探到巴里公爵夫人的房门前，但只听到了一声尖叫，还接住了一个飞过来的银壶。"

"我知道了。把门关上，加莱亚佐。"他轻手轻脚地照办了。

"她很快会好起来的，卢多维科，请相信我，"加莱亚佐说道，像往常一样，他直呼其名，"只是事情发生的方式让她难以接受。她很快就会好起来的。"

"你这样认为的吗？我不知道，我的朋友。我不知道，加莱亚佐。信任需要长期积累，但掷一次骰子就有可能会失去信任。我也许能重获妻子的尊重，但永远无法再得到她的信任。"

卢多维科看着山赛维利诺，但精神似乎无法集中在他身上，但他也不在意。

"你刚才问我是否独自一人，我没有回答你。是的，我的朋友，我是一个人。莱昂纳多先生曾经对我说：'如果你是独自一人，你将永远属于你自己。'但是，你知道，加莱亚佐，即使我是独自一人，我也不属于我自己。"卢多维科抬起下巴看向窗外延伸开来的城市，"即使我是独自一人，我在这里，但我可以看到所有人。我是一个比任何人都能看得更远的人，同时我也更容易成为目标。"

卢多维科开始在房间里来回踱步，然后走到中间。

"在这样的时刻，我感觉就像被判处车裂的人。几个人都被绑在四匹马上，每副肢体绑在一匹马后面，每匹马各自向前奔跑，这些可怜的家伙无法反抗，最终被撕成了碎片。"卢多维科伸出右臂，指着他的左腿。"一方面，我的职责是丈夫和父亲，另一方面，我有作为一个男人的激情。"卢多维科张开左臂，强行伸直了右腿。"一方面是国家的利益，米兰的福祉；另一方面是我所建立的联盟，与威尼斯、与佛罗伦萨、与费拉拉，尤其是费拉拉。我们必须彼此信任，但我们每个人的目标都是扩大自己的势力，这一条我们都知道。"

卢多维科放松了四肢，再次在房间里来回踱步。

"而我，亲爱的加莱亚佐，我无法相信任何人。如你所见，无论是在这里还是在外面，我都无法相信任何人。那就是现实，加莱亚佐。我错误地相信了特洛狄，我错误地相信了侏儒，我错误地相信了其他人。"

"不是任何人，卢多维科，不是任何人。在这里，还有一个你可以相信的人，你是知道的。"

卢多维科停下来，冷静地看着他的女婿。"是的，加莱亚佐，你是对的。有一个人。我想我现在需要他的建议，而不是去做别的事情。"卢多维科把手放在他女婿的肩膀上，而加莱亚佐几乎无法察觉地挺直了他的后背，其实它已经像大理石柱子一样的笔直了，"谢谢你。你也要来吗？"

"哪里？"

"到占星师那里。"

"占星师那里？"

"对的，对的。通常我会传召安布罗基奥大师过来，但我不想浪费任何时间。我需要知道星星说了什么，我现在就需要知道。"卢多维科坚定地走到门口，打开了门，"我最好立刻亲自去问。你也要来吗？"

"不，大人。我认为你最好自己一个人去。"

* * *

"如果你是独自一人，你将永远属于你自己。这是我经常说的话。"莱昂纳多摇了摇头，"但是，要做到我所指的独自一人，你必须置身在其他人当中。在我能想象到的所有监狱中，我认为沙漠是最糟糕的。"

　　"我不明白您的意思，莱昂纳多。"

　　莱昂纳多看看切奇利娅，然后眼睛盯着地面，继续说道："我确实收到过邀请，来自不同领主、不同地方的邀请。但在我看来，目前米兰是最适合工作的地方，因为它是最好的居住地。"

　　莱昂纳多停了下来，坐在围着院子的矮墙上，两根柱子之间。切奇利娅站在他身旁，朝着他视线的同一方向望去，聆听着。

　　"伯爵夫人，我想我可以毫不谦虚地说，我是一个有智慧、有专长的人。这些专长是与生俱来并且在成长过程中不断积累的。我说与生俱来，因为我是父母自由恋爱的结晶，他们的结合是一种没有国家的义务或利益所牵制的爱。在成长的过程中，我从来不需要担心自己的安全或生存问题，在童年阶段，先是有我母亲的悉心照料，然后是我父亲的照顾，我拥有了我所需要的一切。我既不像穷人那样要忍受饥饿，也不像贵族那样要尝尽孤独。我能够在和平的环境中成长，拥有自由，但又不仅仅是自由。"

　　莱昂纳多停了一会儿，似乎想知道自己是不是说得太多了。然后，看到切奇利娅什么也没说，他就继续说道：

　　"为了健康成长，我们需要自由与安宁。简而言之，就是信任。但是我们也需要规则和尊重规则，否则强者会欺凌弱者，狡猾的人会欺骗愚蠢的人，那就再也没有自由可言了。"

　　切奇利娅微笑着瞥了莱昂纳多一眼。"您的意思是要继续成长吗？您已经四十多岁了，莱昂纳多先生。"

　　"有太多我不知道的，有太多我做不到的，伯爵夫人，有那么多我不只是想做而且是必须做的。米兰对我来说是个理想的地方。您在这儿有您的沙龙和那些谈得来的好朋友。我这儿的都是需要工作的人，他们每天都会遇到问题。对我来说，每一个问题都是十种可能的解决方案的源头。"

"还有卢多维科·伊尔·莫罗向您施加压力。"

"他激励我，强迫我完成工作。如果不是伊尔·莫罗，我什么都完成不了。我不像伯拉孟特，他开始三个项目，完成了六个项目，并且要求获得十个项目的付款。"莱昂纳多自己也笑了，然后又变得严肃起来，"在我的行业里，需要两样东西，充分的自由和激励。它们在很大程度上取决于火的大小。您看，火，吹蜡烛可以熄灭它，但向炉膛吹气又会重新点燃它，而风吹在燃烧的建筑物上会助燃，使它越烧越旺。同样，就目前而言，米兰对我来说是最好的地方，而卢多维科则是我最好的赞助人。"

* * *

"对不起，莱昂纳多……"

"是的，伯爵夫人？"

"说到赞助人，您用了这个词，这让我突然想起，之前有一次，您说过'是狄奥达托神父，或者是某人通过他'，为什么这样说？您怀疑谁？"

莱昂纳多摇了摇头："伯爵夫人，狄奥达托神父经常去您的沙龙，我只去过一次。在您看来，他有没有这么精密的思路、高超的智慧来策划出这样的阴谋？"

切奇利娅扬了扬眉毛。也许不，她的表情在说。

莱昂纳多伸开双手："事实上，这是最令我惊讶的事情之

251

一。 这会儿，我只是在脑子里构建我的推论，但我担心狄奥达托神父只不过是个受过别人训练的笨头笨脑的家伙。"他叹了口气："那个人是谁，我不知道，也无从知道。我也不知道您的特尔希拉命运将会如何。也许您已经知道更多的情况了？"

当莱昂纳多提到那个名字的时候，切奇利娅握紧了自己的手。但是她摇了摇头。

"不，我也不知道。我只能抱以希望。"

以三封信来结束

致费拉拉公爵埃尔科莱·德斯特，普通邮件

尊贵的公爵大人：

今天晨祷时分，狄奥达托·达·锡耶纳神父被带离了乔亚维亚门监狱，带到一个空旷的地方。他被斩首了。为他祈祷。

据说，淫妇特尔希拉已被削发并被送往城外的修道院去做修女，但这些只是宫廷里的流言。他们还说，是在贝尔加米尼伯爵夫人切奇利娅·加莱拉尼的恳求下，卢多维科才没有将她处死。伯爵夫人两天前离开了米兰，到克罗塞的圣乔瓦尼与她的丈夫卡尔米纳迪伯爵团聚。

莱昂纳多先生的泥塑马匹雕像已经完成，我昨天在拉伦戈法院看到了那座威严的雕像，它将被放到城堡外的广场上。尊贵的公爵大人，请想象一下，这匹泥塑马会带给人们怎样的美感和震撼。它看上去栩栩如生，简直就是一匹真的马，正撒开四蹄，准备飞奔。几乎每个看到它的人都会逃离庭院，因为害怕被它踢到或被踩踏。

这匹马的雕像会以泥塑的形式保留下来。莱昂纳多不会再用铜来浇铸，因为他发现计算中出了一个错，原本估算要用45000公斤左右的青铜，后来却发现那样无法支撑起整匹马，

253

它会在连接处断裂。但歪打正着的是，莱昂纳多在进行青铜熔融和冷却步骤的运算时，无意间掌握了法国人制造大炮的秘密。

以前，惯例是将大炮铸模的炮头朝下，炮尾朝上进行浇铸。用这种方法铸造起来比较容易，青铜更热，液化更好，能更好地浇铸铸模炮口部分，因为这个地方狭窄且难以浇铸填满。但是如果用另一种方式将青铜倒入大炮的模具当中，也就是说，炮尾朝下，炮头朝上，则流到底部的青铜会更快地冷却下来，这样含铜量会高于含锡量，炮尾能保持坚固，不会像我们的大炮那样，在发射第一炮时就像一朵花似的熔化或炸开。

因此，卢多维科公爵大人决定把莱昂纳多铸造马匹节省的青铜用于制造大炮，现在莱昂纳多正在向我们的扎尼诺大师传授这项技能。当战争打响时，我们就能拥有更优良的大炮了。

战争即将开始。公爵大人批准了法国查理八世国王的贷款，并派遣贝尔吉奥索先生到阿尔卑斯山的另一边参加了大炮装置的制造，然后将它们运到这里。新年时，查理八世国王将派兵到热那亚，从那儿启航前往那不勒斯。卢多维科明确表示他决不会从米兰调动任何兵力。

贾科莫·特洛狄放下了手中的鹅毛笔。这就是马上要发生的事情。查理八世国王的军队将前往那不勒斯，米兰、费拉拉、威尼斯和佛罗伦萨组成的联盟将保护半岛的其他地区，除非有新的动荡令联盟的格局改变。因此，查理八世国王会倾尽全力，从阿拉贡人手中征服那不勒斯王国，而米兰和费拉拉将泰然自若，不会受到任何干扰。米兰由卢多维科·伊尔·莫罗说了算；而费拉拉，他的家乡，牢牢掌控在运筹帷幄、治理有方的领主费拉拉公爵埃尔科莱手中。

愿您的慈爱永存。

米兰，1493年10月30日

您的仆人贾科莫·特洛狄

尊贵的陛下：

我向您，神圣的查理八世国王陛下，表示我虔诚的敬意。尽管发生了各种各样的意外，但是卢多维科公爵最后还是同意借给我们发动战争所需要的30000达克特金币。贝吉奥西奥先生已收到具体的指示，以确保这些款项使用得当。

最近在米兰发生了一件非同寻常的事情，一名男子在武装广场上被杀，狄奥达托·达·锡耶纳神父被判有罪，就是去年我把他和红衣主教朱利奥诺·德拉·罗韦雷一起引见陛下的那位。据说，他是一个伪造信用证团伙的头目。如果这些假币和假信用证大量在市场流通的话，银行将陷入危机。人们在街头巷尾议论，说莱昂纳多在调查和解决这一事件上发挥了重要的作用。

现在，接下来的大事是卢多维科将被正式任命为米兰公爵。年轻的吉安·加莱亚佐公爵身体健康状况很差，许多人说他很快就会死掉。

您最谦卑的仆人，

佩隆·德·巴斯克

这是11月初的里昂，寒冷潮湿。房间里唯一能令人愉快的东西是桌子附近噼啪作响的炉火。

奥尔良公爵把信折起来，再次折叠，然后扔进了火焰中。

然后，他靠在扶手椅上，叹了口气。

这本来是有可能的，但现在已经烟消云散了。

他很清楚地记得狄奥达托·达·锡耶纳神父。去年，红衣主教朱利奥诺·德拉·罗韦雷将神父介绍给他，当时他们聊了很长时间，聊到了伊尔·莫罗如何用不属于他自己的钱来掌控这座城市，还有他主导的政府对基督教的价值观几乎没有丝毫的尊重。

当时奥尔良公爵曾说过，如果美第奇银行破产，这座城市将会发生巨大的动荡。"一个人怎么能使一家银行破产呢？"狄奥达托神父笑着问道。

公爵笑着回答说："您只需要说服它的所有客户在同一天取钱就行了。"

这仅仅是玩笑的事。但那个家伙真的去尝试了。

* * *

奥尔良公爵开始思考原本可能发生的事情。

* * *

银行破产，信贷无法收回，资金短缺。危机。就像150年前的佛罗伦萨一样。当时佛罗伦萨的银行家面临着同样的情况，他们破产了，把那座城市拖入了无底深渊。

在佛罗伦萨，巴尔迪斯银行被美第奇银行取代。而在米兰，人们将饱受税收的重压而变得疲惫不堪，深陷危机的人们愤怒之余只能向唯一可能竞争王位的人求助，那就是奥尔良公爵本人。

　　由他带领的查理八世国王远征部队就在附近，一旦发生危机的消息传来，这支远征队伍就会出发。而那时卢多维科应该已经离开，带领簇拥着新娘的队伍拜见罗马帝国皇帝去了。

＊＊＊

　　公爵打断了自己的遐想。

　　事实并非如此。永远不会那样。算了，没关系。

　　对他而言，他入驻米兰的时间只是被推迟了。总有一天，他会进入这个一直在他内心深处的城市，不是作为军队的统领，而是作为公爵和统治者。

　　当那一天到来时，他希望身边有一个像莱昂纳多·达芬奇那样的人。

尊敬的阁下：（独处时，我这样称呼自己）

　　对于一个人来说，最大的痛苦莫过于努力去完成一项任务，当几乎完成时，一切却被推翻在地，毁于一旦，而且任何补救都无济于事。如果按照我迄今设想的方式和比例进行铸造，这匹马，我的马，就会落入此结局。看看老鼠的腿，与它的身体相比，腿又细又瘦。从比例上说，老鼠的腿比兔子或猫的腿要纤细得多。而兔子和猫有更丰满的腿来支撑，就跟马和狗一样。再看看大象，它的腿巨大而粗壮，就像柱子一样支撑着身体。而老鼠的腿，犹如在洋葱下面插着根细枝。

　　野兽的重量根据其身高的立方数值增加。取一个十面的立方体：如果立方体侧面的面积总和是十乘以十，即一百；它的

257

体积，亦即重量，等于十乘以十，再乘以十，即一千。

通过这种方式，我们可以很清晰地知道，如果一只动物身高为一步，体重为一斤，那么当它的身高是两步时，它的重量就为二的立方，或者说二乘二乘二，即八斤。如果一只动物是另一只体型比例一样的同类动物的两倍的话，其腿所承受的重量不是后者的两倍，而是八倍。

如果要保持这种比例，就必须有一条四倍粗的腿，或者说是其截面面积的四倍，但它必须承受的重量达到了八倍。

这就是为什么大自然赋予老鼠纤细的腿，猫和兔子丰满的腿，大象粗壮如柱的腿。像大象一样高，而形状和比例像老鼠的动物会跌倒在地上。同样的事情也会发生在我的马身上。

因此，如果一个小型的雕塑标本可以承受其自身的重量而不倒下，例如身高一步，青铜必须是一根手指的厚度；但是如果你铸造的马高十步，青铜就不能是十根手指粗的厚度，而要厚得多，否则上身青铜的重量会把它压垮，就像一只形状长得像老鼠的大象。

我用黏土制成的马匹模型不能用作铸造青铜马的模型。那是我的第一个错误。

我按照简单的比例估算，大约四万五千公斤的青铜就足以铸造完这匹马，但正如我前面说的，其实还不够，还需要更多的铜来完成制作，但我现在根本没有心情去计算。这是我的第二个错误。

卢多维科把原本积下来用于雕像的这些青铜用来制造大炮，采用了你在铸造马匹时所掌握到的方法，也就是我教扎尼诺·达·费拉拉的方法。

以往我从未试过在同一张纸上写下两个错误。但这恰恰是我写这些信的目的，我写信给你，莱昂纳多·迪·皮耶罗·达芬奇，以便你能记住两件事。

首先，没有任何事物或生物是没有错误的，而且你变得越高，就越可能跌倒。只有不做任何事的人才永远不会犯错。

其次，不犯错误，或者有错而不自知，人类就永远无法从自己的经验中吸取教训。就像一个婴儿，先学会爬行，然后站起来，但只有当他向后跌倒，他才能学会用自己的两条脚站立的艺术。就这样，每次当你犯错并承认错误时，你就能立即修正错误，并且会记住。

你能立即修正错误，这与兰巴尔多不同。直到最后，他才意识到他所犯错误的严重性，尽管他认为自己可以通过请求宽恕来补救。你将记住这一点，因为人类往往一次又一次地犯同样的错误，这就是人的本性。

尊重每个人对待自己每个错误的方式。因为人类刚出生时很弱小，根本没有防御能力。两岁的孩子比同龄的狗、马或大象都更虚弱，机能更不完整。但随着我们成长，我们超越并能支配世界上的每一种动物，这就是为什么我们要通过一个人的成长和学习过程，而不是他的出身，来判断他为人的尺度。

只有通过观察大自然、观察其他人，人类才能有所习得。但是，如果不将我们所做的与我们所信的、我们所期望的与实际所发生的进行比较，人类就不能在智力和判断力上不断长

259

进。要了解自己的错误，唯一的办法就是用大自然来衡量自身，因为大自然不像人类，它从不说谎。

我向你告别，直到我们再次见面。

你永远的莱昂纳多

作者编后语

一本充满错误的书

对于一个历史学家来说，试图写一本关于莱昂纳多·达芬奇的书而不出现任何错误，那将是狂妄自负的。而对于一个小说家，特别是一个拥有化学学位的小说家来说，要让他相信自己能做到上面的事情，是疯狂的。因此，毫无疑问，本书中存在许多历史和艺术上的错误，而且迟早会被发现。但另一方面，书中某些看似怪诞、不可思议或牵强的方面却得到了历史的验证。

* * *

确实如此。例如，当时令米兰人的生活压力特别大的一件事是交通拥堵，这是妇女专用的二轮马车造成的；同样真实的是佩瑟勒和克兰茨的故事，这两人被当作假币伪造者关入监狱，但在被确认为炼金术士后得到释放。

在本书所涵盖的时间段，莱昂纳多与他的母亲一起生活是符合事实的：从1493年他在一张纸上做的记录开始，上面写着"卡特丽娜于1493年7月16日来到米兰"，到1494年结束的那一页纪要，内容涉及安葬卡特丽娜的费用总计123索尔迪铜币，也就是六里拉，大约是一达克特金币。这对于当时的葬礼来说，并不是一笔小数目，也不太可能是给家里佣人的安葬费用。有趣的是，关于卡特丽娜到来的记录里，并没有包含"与我待在一起"的表述，但莱昂纳多却用这个表述来记录他那些学徒的到来，从萨莱伊一直到后来的德国人朱里奥。许多学者，其中包括卢卡·贝尔特拉米，都同意这是可信的。

使用"do"这个音来表示音阶的第一个音符是不准确的，这是因为该术语是在16世纪初以后才开始沿用的。

菲利普·德·科米纳拥有的公爵头衔是不存在的。事实上，正如我已经指出的，这个故事中出现了很多公爵，我情不自禁地赋予了他这个头衔。

但萨莱伊与莱昂纳多之间的关系应该是符合事实的，萨莱伊既是他最喜欢的学徒，也像他的养子。萨莱伊几乎跟随莱昂纳多到过所有地方。尽管他们之间会有很多争执和分歧，但两者间的关系似乎从未受到过质疑。

如我指出过的那样，莱昂纳多有可能，虽然未必是真的，获得了《岩间圣母》的付款，"您还没给我这幅画付款"的问题拖延了总共大约20年。另一件持续了很长时间的事情是斯福尔扎骑士纪念雕像。由于技术和资金问题，莱昂纳多最终未能完成。

为了详细说明铸造铜马带来的问题以及所涉及的巨大努力，最好的资料来源无疑是安德里亚·贝纳多尼所著的《莱昂纳多与弗朗切斯科·斯福尔扎骑士纪念雕像》（Giunti出版社出版）一书。我还想提及其他一些书，这些书可以让对此感兴趣的读者，即使只是出于个人爱好，从更为严谨的文献资料中了解更多关于"文艺复兴时期的莱昂纳多"的内容。

* * *

如上所述，花一生的时间也不足以让人完全了解达芬奇的奇才。 沃尔特·艾萨克森的上佳作品《莱昂纳多·达芬奇》（Simon and Schuster出版社出版）是一个很好的起点。德米特里·梅雷日科夫斯基的小说《莱昂纳多·达芬奇：诸神的复活》（Alma Classics出版社出版），是一本令人愉快的读物，尽管过多着重于抒情，但这是第一本以莱昂纳多在米兰与他母亲一起生活期间为假设蓝本的小说。（顺便说一句，有很多，也许太多的虚构小说作品以莱昂纳多为主角或配角。我最喜欢的虚构出来的莱昂纳多是动画电影《皮博迪与谢尔曼》中的莱昂纳多，还有罗伯托·贝尼尼·马西莫·特洛西的电影《除了哭泣别无所求》中那个努力尝试弄明白抽水马桶工作原理的心不在焉的天才。）

* * *

要谈论莱昂纳多，就必须谈论在美第奇家族统治时期的佛罗伦萨，那时他曾在韦罗基奥工作室和其他一些地方当学徒，还必须谈论金钱的重要性。佛罗伦萨的社会模式可能是最早使金钱具有基本而且抽象的价值，而不仅仅是作为附属物品的社会模式之一，而且从中产生了今天我们仍在使用的金融体系。

在学术上，我认为雷蒙德·德鲁弗的著作《美第奇银行1397—1494年的兴衰》（W. W. Norton出版社出版）可以作为对佛罗伦萨银行历史感兴趣的读者的参考基准。这是一本很难懂的书，阅读起来非常不容易，需要时间和耐心，还有并非人人都具备的经济和金融专业知识。拿我自己来说，我没有这本书，我是在阅读蒂姆·帕克斯所写的更生动有趣的《美第奇货币》（W. W. Norton出版社出版）和《1345年的佛罗伦萨银行》（作者洛伦佐·坦齐尼，Salerno出版社出版）后，一些概念才变得清晰起来。埃里克·韦纳的精美著作《天才的地理》（Simon ＆Schuster出版社出版）也对此做了非常有意思的解释。

＊＊＊

本书的另一个主角是卢多维科·伊尔·莫罗，间接地说，他其实就是米兰本身。如果说佛罗伦萨是文艺复兴诞生的城市，那么米兰是在艺术、科学和社会形态各方面都发展得最为完备的城市。

卢多维科·伊尔·莫罗的宫廷是这一发展的焦点，值得尝试找到更多的信息。弗朗西斯科·马拉古齐·瓦莱里撰写的《卢多维科·伊尔·莫罗的宫廷》（Hoepli出版社出版）四卷著作里提供了也许有些过时、但令人非常愉快的叙述。对于希望不是从表面而是想深入探索和审视宫廷生活的读者来说，例如说想了解大使和统治者之间的往来关系，吉多·洛佩兹的两本书《莱昂纳多与卢多维科·伊尔·莫罗：物质与自由》和《卢多维科·伊尔·莫罗的婚礼》（都由Mursia出版社出版），绝对是令人愉快的读物，而且史料翔实。西尔维娅·阿尔贝蒂·德马泽里撰写的《贝亚特丽斯·德斯特》同样令人阅读愉快，但我不知道这本书是否容易找到。我的版本是Fabbri出版社出版，书中描写了关于贝亚特丽斯·德斯特短暂而紧张的一生的虚构故事，但是描述得当。

＊＊＊

要向读者展示莱昂纳多这样一个人物，并且宣称能描述他的思想，需要一定的勇气。我本来不会主动这样做的，但到了作品完成的这一刻，我由衷地感到高兴。因此，我要感谢我的出版商Giunti出版社让我参与这个项目；感谢茱莉亚·伊奇诺，作为我的朋友，作为我的编辑，跟进本书的每一个进展，并在我的无知需要修正的时候（这种情况时常发生)，为我提供机会去接触这些领域真正权威的专家。在这一年半里研究学习这位文艺复兴时期杰出天才的过程中，我收获的东西远远超出了我的期望。我原以为我对莱昂纳多的了解很深，但后来才发现，自己所知道的其实还很浅表。

当然，我永远不可能独自了解和掌握所有这些东西。因此，我在此首先要感谢达里奥·唐迪，他把我带进莱昂纳多亲笔撰写的手稿的世界，他还知道如何提取我所需要的信息。我也要特别感谢以下人，顺序不分先后：爱德亚多·罗塞蒂，他拥有对斯福尔扎家族统治时期米兰的历史和城市发展方面无与伦比的专业知识；加布里埃尔·巴尔达萨里帮助我用幽默的笔触锲而不舍地引用15、16世纪费拉勒斯的成语；卢卡·斯卡里尼给我提出了关于那个历史时期时尚和盔甲的建议；玛丽斯特拉·波提契尼则帮助我确认了我所不熟悉的金融历史上的一些事情——这并不表明我已知道得非常多了，但至少我知道该怎么写了。

* * *

在结束这个编后语时，我还希望提醒读者不要把该书作为历史书籍来使用。这是一本小说，尽管其中描述的许多历史事件都得到了验证，但对于这些事件之间的关系却无法证实。的确，莱昂纳多从未完成过纪念弗朗切斯科·斯福尔扎的骑士雕像，他也的确认识到动物比例上的不协调，这些都是真实的，但把两件事关联在一起则纯属想象。然而，我也相信，以天才达芬奇为主角写书时，如果不利用我的想象力，不仅是错误的，而且是对他的不敬。

265

莱昂纳多时期的斯福尔扎城堡

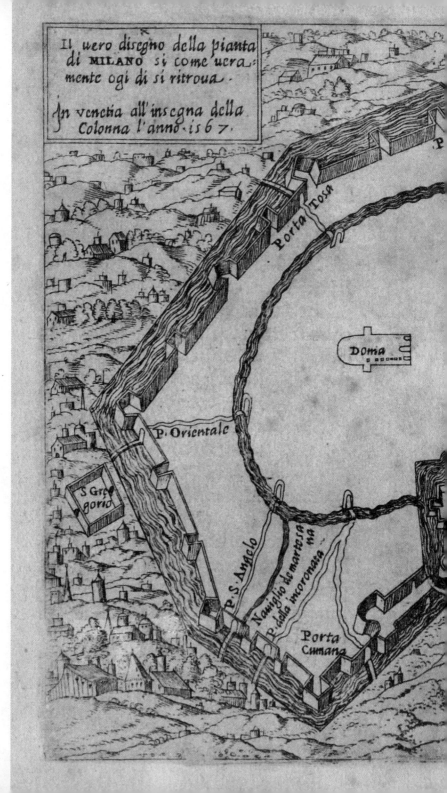

Il uero disegno della pianta di MILANO si come uera:
mente ogi di si ritroua.

An uenetia all'insegna della
Colonna l'anno·1567.

Porta Tosa

Domia

P. Orientale

S Gregorio

P. S. Angelo

Nauiglio de martesa na

P. della incoronata

Porta Cumana

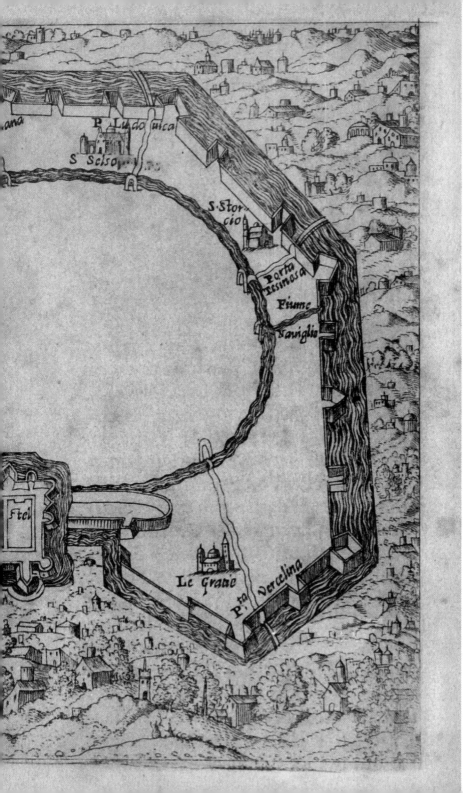

尼隆

圣安布罗焦

公爵公园

卡西诺

韦尔切利门

焦维亚门地

大厅里的圣彼得

圣玛丽亚感
恩教堂
最后的晚餐

圣·斯彼利多

加莱亚佐桑
塞韦里诺宫

莱昂纳多的葡萄园
（从1497年）

伟大的圣佛
朗西斯科

圣维克多

圣·乔瓦尼·
阿拉·韦普拉

锐德福斯

奥洛纳河

　　地图灵感来自爱德华多·罗塞蒂（Edardo Rossetti）的《在我最喜欢
的地区》：卢多维科·伊尔·莫罗（Ludovico il Moro）和格雷斯堡（Borgo
delle Grazie）。也来自S.Buganza和M.G.Rainini主编的《多明我会回忆录》
（2016）。

提契诺门

十五世纪末期的米兰

科马西纳门

天使圣玛丽

新门

东门

运河

锐德福斯

美第奇家族银行

塞西莉亚加莱拉尼宫

大教堂工地

市政厅

圣萨蒂罗

莱昂纳多的商铺

土萨门

和平圣母

运河

罗马门

圣哥达和拉基亚
雷拉村

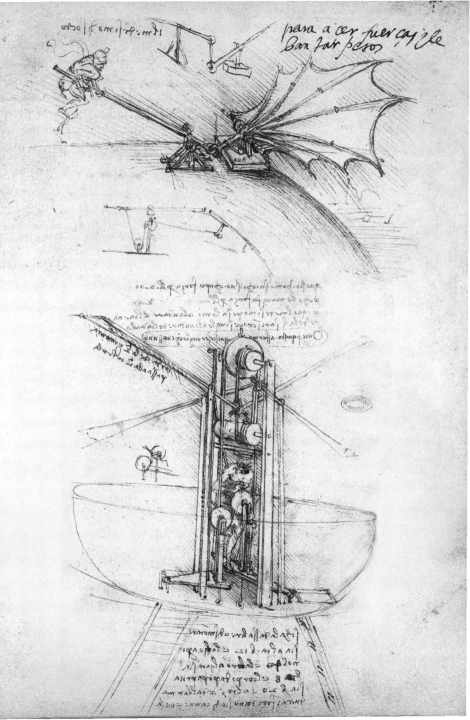